ÉLOGE FUNÈBRE

DE

MICHEL MORIN,

BEDEAU DE L'ÉGLISE

DE BEAUSÉJOUR.

MORT

DE SON ÂNE.

SON TESTAMENT.

ÉPINAL,

PELLERIN, Imprimeur-Libraire.

1827.

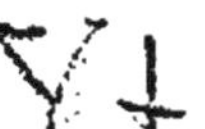

ÉLOGE FUNÈBRE

DE

MICHEL MORIN,

Bedeau de l'Église du lieu et village de Beauséjour en Picardie, décédé le premier mai 1731; prononcé à l'honneur du Défunt, en présence de tous les Habitans de ce lieu, le jour de son enterrement.

Omnis homo mortalis.

Nous sommes tous mortels : il y a long-temps, mes chers frères, que j'ai fait cette réflexion importante. Nous sommes mortels et sujets à la mort, parce que nous sommes hommes ; *Omnis homo mortalis.* Les siècles passés nous fournissent des livres qui nous font connaître que les Alexandre, les César, ces hommes redoutables, ces guerriers si terribles, et tant d'autres hommes d'un rang distingué sont morts : *Omnis homo mortalis.* Cependant, toutes les lectures que j'ai faites ne m'ont pas tant touché que la mort du pauvre Michel Morin m'afflige aujourd'hui, comme vous le savez.

1.

Ce fut hier qu'il trépassa, hier la mort termina son sort ; il mourut enfin à la fleur de son âge, et nous ne le verrons plus. Jeudi dernier il était dans son jardin, il me fit, *hem*, *hem* ; qu'en dites-vous, n'ai-je pas bon appétit ? en mordant dans un gros chinon de pain frotté d'ail, et le mangeant à belles dents avec deux mains : hélas ! mes chers frères, qui l'aurait cru ! le voilà mort, et nous ne le verrons plus ; nous faisons tous une grande perte, car lui seul sonnait la cloche, coupait le pain bénit, allait à l'offrande et chantait au lutrin ; lui seul chassait les chiens de l'Eglise, enfin, c'était l'*omnis homo* de notre ville. Ha ! ha ! oui, riez, pauvres idiots que vous êtes ; riez, riez, il y a bien à rire ; vous faites bien voir qui vous êtes, et que vous ne savez pas le latin ; car si vous aviez étudié en classe, vous sauriez qu'*omnis homo*, veut dire un homme à tout faire ; mais parce que vous êtes des ignorans, vous croyez que Michel Morin était un sot, à cause qu'il portait une chemise rousse et des bas blancs ; voyez la belle conséquence ! Si vous me voyez quand je me lève avec un bonnet de nuit et un caleçon, vous diriez donc que je n'ai point d'esprit : l'habit ne fait pas le moine ; vraiment, vous n'y êtes pas encore, vous allez bien entendre d'autres choses, mais écoutez-moi et profitez.

C'est l'ordinaire qu'après la mort des grands hommes on reconnaît leur mérite : cela posé, je gage que vous vous rappelerez la généreuse action qu'il fit un jour quand les vaches entrèrent dans le cimetière ; vous fûtes tous alarmés, on vous entendait crier d'une lieue de loin, à l'aide, M. le curé, que ferons-nous ! les vaches sont dans le cimetière. Vos cris éveillèrent Michel Morin : il sauta de son lit en chemise, à deux mains, et les fit retourner plus vite qu'elles n'y étaient entrées. Hé bien, pagnotes que vous êtes, vous n'osiez entrer dans le cimetière, vous aviez peur des esprits à cause que c'était la nuit ; cependant Michel Morin vous rendit ce bon office, et chacun de vous s'en retourna coucher avec sa vache.

C'est ainsi que le pauvre défunt était zélé pour le bien public ; apprenez donc à vivre à son exemple. Hélas ! combien de fois ruminant en moi-même, me suis-je dit : Quel dommage et quelle perte pour l'état que Michel Morin n'ait pas été à la guerre ! Je me souviendrai toute ma vie de la généreuse action qu'il fit à la mort de sa grand'mère. Si Michel Morin eût été un homme de qualité, on aurait écrit ses actions en gros caractères dans les gazettes ; mais parce que c'était un homme de village, habillé en paysan, tout ce qu'il faisait n'était pas remarqué ; cependant on n'a jamais rien vu de plus admirable dans les histoires. Faites attention à ceci.

Un jour le fils et le gendre du grand Colas se battaient dans le jardin pour des prunes, et ces deux garçons s'arrachaient les cheveux et se donnaient des coups de poings ; Michel Morin s'en aperçut, aussitôt d'un air délibéré il sauta par-dessus la haie, zeste, il vous les prit tous deux par le chignon, donna un coup de poing à l'un, un coup de pied à l'autre, piffe, paffe, les sépara, jeta leurs chapeaux dans la rue, n'en fut plus parlé. Voilà comme Michel Morin avait de la charité pour son prochain, car sans lui, ils se battraient encore et vous ne les empêcheriez pas, pauvres gens que vous êtes. Si je vous disais ici des fables ou des histoires du temps passé, vous pourriez dire, on nous en fait accroire, ce sont des contes à dormir debout ; mais je vous parle de notre temps ; par exemple, qu'y avait-il de plus fort que de voir faucher un pré à Michel Morin ! sitôt qu'il mettait son pourpoint bas, il prenait sa faulx à deux mains et fauchait tout à l'entour de lui, et friste et freste, tout d'une haleine jusqu'au bout du pré, et sans perdre de temps, il prenait sa pierre pendue à son côté dans une gaine, et ziste et zeste; ensuite crachait dans ses mains, tête baissée il commençait tout de nouveau, vous eussiez dit qu'il allait tout abattre; voilà pourquoi on l'appelait le grand abatteur de chênes. C'était la terreur des forêts; avec une serpe, friste, freste, il coupait des branches toutes entières, jamais on n'a vu un tel ouvrier; crique, craque, en deux tours de main, voilà un fagot bâti, mais des fagots! des fagots en conscience! Les fagots de Michel Morin étaient de bons fagots; ce n'était pas de ces fagots fourrés de feuillage, ni de ces petits méchans fagots, comme en vendent les marchands; ses fagots étaient des fagots bien fagotés, les mieux fagotés de tous les fagoteurs de fagots. Que peut-on voir de plus merveilleux! Y a-t-il homme sur la terre qui ressemble à Michel Morin! Non: il n'y a pas son pareil dans les airs, c'est ce que je vous ferai voir, car je ne me lasserai jamais de dire que c'était un véritable *Omnis homo*.

Michel Morin était admirable dans les airs : je me souviens à propos (quelqu'un d'entre vous y était), il y aura dimanche deux ans, comme on faisait le prône, ha! vous en souvenez-vous, lorsque les oiseaux faisaient leurs nids dans la voûte de l'église? Ils faisaient un tintamarre si grand qu'on ne pouvait entendre le prône; vous regardiez ces animaux tout debout, les bras croisés et comme des statues, et vous n'osiez les chasser. Il n'y eut que Michel Morin l'*Omnis homo*, qui par son adresse et son courage trouva le moyen de les faire sortir. Et voici comme il s'y prit; il sortit du chœur, il ouvrit la porte de l'église, prit la perche à ôter les araignées, il monta sur un banc, et fredi et fredon, et bonte et haie, et tu en auras, et tu t'en iras, et tu ne t'en iras donc pas : il fit ainsi comme cela d'un bout à l'autre de l'église, et en chassa tous les oiseaux et oisillons, renversa tous leurs nids, sans qu'il en restât ni frique, ni fraque. Hé bien sans Michel Morin, où en serions-nous ? Dame, il n'y allain pas de main morte, c'était un généreux champion ; c'est pourquoi vous devez profiter de ses belles actions.

Mais parlons plus sérieusement. Michel Morin avec sa mine à peindre et sa prestance magistrale, vêtu de son habit des dimanches, ressemblait au procureur fiscal de la paroisse. Ce n'est pas tout, il était encore grand carillonneur. Tout le monde le jour de la fête venait l'entendre carillonner, vous l'avez entendu vous-mêmes : il faisait dire à nos cloches tout ce qu'il voulait, vous eussiez dit qu'elles parlaient, cependant il ne savait pas la musique ; et comme disait sa pauvre mère que c'était bien dommage qu'il n'avait pas été à l'école ; car il eût passé les sciences, s'il en eût été capable. Mais enfin pour en revenir à nos cloches, il carillonnait bien gentiment, il prenait les cloches avec les pieds, dans ses mains, et il se trémoussait comme un perdu : don, din, don, din, don, tir li, tir li du bon, à boire à Michel Morin. Que tu es merveilleux ! le grand *Omnis homo*, le grand homme à tout faire !

Il avait une constance tout-à-fait héroïque, c'est ce qui fit dire à un savant homme, qui passait par ici, que dans une extrême nécessité, il aurait parlé au roi ; et en effet ce n'était pas un sot, comme vous, il débitait sa marchandise comme une merveille : il savait le plain-chant comme un oracle, il déchiffrait une antienne mieux que personne, et portait la chape comme un évêque : car il avait bonne mine et se carrait en marchant, plique, plaque ; il n'avait que des sabots, ce n'était pas par vanité, puisque son beau-père était cordonnier ; il avait la voix si terrible et si belle, que dès qu'il commençait à chanter, tous les chiens s'enfuyaient de l'église. Si je ne craignais la médisance, je croirais qu'il était fils de quelque gentilhomme ;

mais je soupçonne tout au moins qu'il avait été changé à nourrice, puisqu'il était né pour des actions si nobles, comme vous l'allez voir.

Un jour il prit un fusil sur ses épaules pour aller à la chasse : quand il fut au bout de la haie à Jean Michaud, il coucha un lièvre en joue : pouffe, il le tua, il sauta le saut et le prit, l'emporta, le larda, l'embrocha, le fit cuire, le mit dans un plat, le servit sur la table et le mangea. O l'excellent homme ! ô le bon mangeur, l'admirable *Omnis homo !* Trouverait-on son pareil ? Non, car il était au poil et à la plume. Vous l'avez vu sans pareil sur la terre et dans les airs ; il était encore pire dans les eaux, il était par-tout intrépide comme vous l'allez voir.

Michel Morin, mon fidèle ami, était zélé depuis long-temps pour me rendre service jusqu'au suprême dégré. Voyant un jour quatre de mes amis, qui venaient pour manger ma soupe, je pense que c'était la veille ou surveille d'une fête ou d'un dimanche, mais il n'importe, il suffit que c'était un jour maigre, et que je n'avais pas de quoi les régaler ; aussitôt qu'il connut ma peine, il se dépouilla tout nu et se jeta à corps perdu dans la rivière ; nous crûmes qu'il était noyé ; point du tout : dans un moment il revint à bord à la nage avec de grands poissons longs comme d'ici à demain. Hé bien, dit-il avec sa mine riante, qu'en dites-vous ! Dame c'est que les gens du roi ne sont pas des sots ; et sans perdre de temps il troussa ses manches jusqu'au coude, et les basques de son juste-au-corps, ensuite il tira son couteau de sa poche, cracha dessus, l'aiguisa sur le pavé, et friste, freste, éventra un gros brochet, nous en fit une matelote avec une sauce si bonne, qu'on léchait les quatre doigts et le pouce. O l'excellent cuisinier que Michel Morin, je ne me lasserai jamais de dire que c'était un excellent *Omnis homo.*

Je finis par la dernière et belle action de sa vie, qui prouve bien son grand cœur, son adresse et son peu d'intérêt: le pauvre homme gagea qu'il irait dénicher des pies sur le grand orme, il y monta pour son malheur, sans échelle; quand il fut au haut de l'arbre, il s'écria : j'ai gagné et tourna la tête montrant le nid ; mais la branche se cassa, crique, craque, les bras et jambes, et s'escarbouilla le cœur au ventre. Ha! pour chopine, Michel Morin, que tu es mort à bon marché! Il est vrai qu'il n'était pas intéressé, car il aurait couru une lieue pour un demi-septier de vin ; d'ailleurs point glorieux, il buvait avec le premier venu qui lui payait chopine.

Pleurons, pleurons donc la mort de Michel Morin à cause de la perte que nous faisons ; n'oublions pas les belles actions qu'il a faites dans sa vie; par exemple grand zèle pour le bien public, en chassant les vaches du cimetière; séparer les gens qui se battaient pour des prunes; sa bonne foi à faire de fagots ; son adresse à faucher des prés ; son industrie à chasser les oiseaux de l'Eglise ; sa disposition surnaturelle à la chasse ; son intrépidité à pêcher ; son habilité à faire des sauces : que dis—je ? j'oublie son instinct naturel à carrillonner, car en deux enjambés il grimpait tout d'un coup au clocher. C'est pourquoi je vous exhorte à bien instruire vos enfans des merveilles de Michel Morin ; bercez—les des belles choses que vous venez d'entendre, endormez—les avec les chansons qu'il faisait dire à nos cloches, car c'était un grand homme dans sa pauvreté.

REGRETS

ET LAMENTATIONS

DE MICHEL MORIN,

SUR

LA MORT DE SON ANE.

Il n'est plus, le compagnon zélé et fidèle de mes pénibles travaux, le serviteur de mes serviteurs vient de payer le plus triste tribut que tout doit à la nature, enfin il est mort mon âne, messieurs : oui, il est mort. Je vous jure et proteste que mon âne était la meilleure bête qui eût été : elle avait un vrai fonds de bonté : après avoir fait sa journée, elle aurait fait mille soubressauts pour un picotin d'avoine : témoins quatre maréchaux que j'appelai pour les consulter, qui conclurent que la cause de sa maladie provenait d'avoir fait de trop grands excès de jeûne : mais à quoi sert de tant parlementer, car je connais bien que vous languissez ; mais patience, je me fais gloire de raconter la vie de mon âne.

Cet animal commença sa maladie un jour qu'il portait du linge à la Grenouillère pour blanchir ; maudit soit la journée ! mon bel âne, ha ! mon beau

soulas ! Mais aussi quand on me vint dire que c'é-
tait des femmes qui en étaient la cause, cela m'ôta
toute consolation. Ce pauvre âne se renversa, par
le plus grand de tous les accidens, dans un fossé
plein de boue, chacun lui criait, haie, haie, pour
le faire relever, sans que, de peur de se gâter, qui
que ce soit osât l'approcher ; vous pouvez être per-
suadés que mon âne baissa le babouin et mit le nez
en terre ; quand la pauvre bête fut relevée, elle ne
tarda à se laisser tomber ; à la fin pour le relever
de rechef chacun se jeta à corps perdu sur mon bel
ânet : l'un lui donnait des coups sur l'oreille, l'autre
veut l'arracher par la queue ; à la fin mon pauvre
âne se relevant tout sourd et bien étonné, un ma-
nant se saisit d'une pierre, et de trois pas reculés
prend sa course pour la lancer sur mon âne, et bien
loin de l'adresser, blesse une blanchisseuse droit au
menton : aussitôt les voilà qu'elles commencent à
s'empoigner et à se prendre par les cheveux, allons
et allons. Sur ces entrefaites, il vint un autre malotru pour les séparer, la blanchisseuse aussitôt lui
sangle un soufffet, ils se chamaillent ensuite tous
trois, jouent entr'eux à pis à faire ; à les voir, vous
auriez dit qu'ils avaient un masque sur le visage à
force de coups qu'ils s'étaient fourrés. Quand il
fut question de s'appointer, la bouteille fut leur
refuge. Ha ! que le vin est humain ! qu'il se fait de
beaux coups de main ! ils vidèrent un flacon de
douze pintes entre cinq, et sans en laisser une seule
goutte, car de la manière que la blanchisseuse
buvait, ils en auraient bu un demi-muid, selon
ma pensée ; après avoir bien bu, ils furent se coucher en plein jour comme des poules : il y en eut
une qui fut fine, et qui ne joua pas du gobelet,
et au bout d'un peu se réveillant, va contrefaire
la fâchée. Vous autres, vous jouez-là un vilain
tour de dormir ainsi jusqu'à midi : les autres
en haussant la tête lui répondirent ; pour du

jour nous en avons assez, celle-ci les voulant presser pour laver son linge ; les voilà aussitôt en fondant sur elle, qui se mettent à la bien secouer ; pour mon bel âne, il n'eut pas la force de marcher jusqu'au bout de la Grenouillère, ils lui donnèrent des coups pour le faire avancer. Or, comme la force lui manquait, il commença de nouveau à se renverser, et elles déchargèrent donc mon âne ; se résolvant à porter sur la tête la charge de ma pauvre bête, et me la rendirent à la maison où une d'entr'elles étant arrivée chez moi, s'écria : hélas ! compère, hélas ! si vous saviez l'infortune qui est arrivée à votre bel âne, par sept ou huit fois il est tombé, il aurait mieux valu que le Diable eût emporté la lessive, que non pas la pauvre bête eût tant souffert. Dans le même temps qu'elle veut me raconter cette funeste affaire, mon pauvre âne gagna le royaume des Taupes. Ha ! pauvre Morin, pleure, pleure, en voyant mourir une tant belle bête. Ha ! malheur des malheurs ! accident qui n'arrive jamais sans accident ! hélas, que je te regrette ; allons, mes yeux, je vous ordonne tout-à-l'heure de verser autant de larmes que la Samaritaine jette d'eau durant le cours de douze jours : oui ; morts et vivans, grands et petits, jeunes et vieux, soyez témoins de mon désastre : ha ! pauvre Morin, ce n'est pas tout, il faut encore chercher de l'argent pour le faire enterrer.

Je fus donc, enfin, louer un juré Trompette pour faire savoir par toute la Grenouillère, que chacun eût à venir voir porter l'âne de Michel Morin sur les trois heures après midi, au milieu de l'île Marcel ; je fis le trait d'un vrai nigaud, ne vous déplaise, de tant dépenser pour un âne ; vous ne croirez peut-être pas qu'il y eut quatre mille ânes pour le moins, et tous les ânes de grand courage qui furent l'accompagner, lesquels avant de s'en retourner lui firent une accolade, la queue redressée, il ne s'est rien vu de plus beau : chaque âne portait à son col un grelot avec une petite sonnette : aucun ne mangea de tout le jour, tant leur gros cœur était triste et leurs regrets étaient grands ; ils voulaient tous mourir de fâcherie ; la pauvre bête était si brave, que tout le monde s'empressait pour la voir passer : tous les ouvriers laissèrent leur travail et besogne, et, sans avoir honte, l'accompagnèrent jusques dans l'île Marcel, puis retournèrent vîte chez eux, pour raconter à leur famille qu'ils avaient vu la chose la plus merveilleuse qui fût jamais. Le doyen de ces ânes était celui de Jérôme, qui est un âne de belle apparence, il se tenait fier et se rengorgeait ; à la suite il y avait les ânes des meuniers, ensuite ceux des jardiniers, puis ceux des laitières, chacun tenant son rang selon sa qualité et l'antiquité de sa race.

Ha ! la cruelle départie ; plut au Ciel que j'eusse été mort pour lors ! je pleurais avec des sanglots entrecoupés, je m'écriais, hélas ! mon bel âne, hélas, jamais plus ne te verrai, tu déranges toutes mes affaires : nous nous aimions tous deux comme frères, la mort m'a joué là un vilain tour. Cette pauvre bête était si courageuse, qu'elle faisait dans une semaine l'ouvrage d'un mois : sa mort m'a donné au cœur, présentement il faut que je joue de tout mon reste ; cet âne me va trop par la tête. Quand il fut donc arrivé à l'île Marcel ; Champury voulant le dépouiller, aussitôt un gros mâtin le mordit, ne voulant pas qu'il enlevât la peau, ce qui fit qu'on dépêcha quatre députés pour faire savoir à tous les chiens de la contrée qu'ils eussent à se trouver à l'assemblée qui se devait tenir touchant le jugement qu'on devait rendre, sur la contestation qui était de savoir s'ils le devaient manger dans l'état où il était ou non. Il fut jugé que ses cuisses seraient pour les principaux, et que tout le reste serait à qui mieux des autres tirerait. Alors chaque chien, comme des loups affamés et sans cérémonie, se mit à emporter son morceau ; une chienne du quartier apporta une charbonnée à quatre petits chiens qu'elle avait faits. Croyez que jamais ouvrage ne fut plutôt fini, ainsi ma pauvre bête fut bientôt partagée de part et d'autre : cette pauvre bête avait toujours vécu comme un âne d'honneur : elle n'était point sujette à la gourmandise, elle était aussi franche et aussi juste qu'une balance : par ma foi c'était un âne qui sentait son bien ; car malgré son infortune, il faut que je vous fasse toute la description de sa vie, et le récit de ses perfections et de toutes ses rares qualités ; il me prend envie de faire autant de bruit comme on en fait à Ténèbres pour faire assembler beaucoup de monde ; car, quand on m'emplirait mon chapeau d'un millier d'écus, je m'en soucierais moins que d'avoir vu un bel auditoire.

Premièrement, je vous raconterai de quel lieu est sorti mon âne, il est né à Vaugirard, dans une salle tapissée d'un bout à l'autre ; sa mère était fort connue, elle avait plus de connaissance que bourrique qui fut en France ; pour son père, il a paru plus qu'aucun âne que j'aie vu ; il sortait d'une race ancienne, peut-être de celle de l'âne de Balaam : vous allez être surpris quand vous saurez qu'il portait pour armes deux ânes vêtus de velours cramoisi ; au haut de l'écusson, il y a un pot pour montrer qu'ils sont sortis de race noble ; je vous dis, sans vanité, mon âne était de grande qualité. Quand Caïn, ce traître massacra son cher frère, il se servit, ainsi qu'on le dit, d'une des mâchoires d'un de ses cousins.

Tout cela, selon ma pensée, fait bien voir que sa lignée vient de longue-main : je pourrais bien dire, sans me moquer, qu'il y a eu de ses prédécesseurs qui étaient vêtus de velours qui ont porté la housse jusqu'en terre : pour à-présent, c'est une pure vérité, ils étaient tombés en pauvreté : il y a déjà long-temps qu'ils tiraient à la charrue, tant le père que le fils. Pour mon âne, je vous dirai que jamais je ne lui ai dit mon âne, haie. Le même jour que je l'achetai je reconnus qu'il sortait de bonne maison ; son père est mort à Montmartre, une courte haleine lui ayant donné le coup mortel : pour sa mère, elle est morte à Montmartre, d'une esquinancie : c'était une bourrique très-hardie, elle avait fait parler d'elle dans le temps de sa jeunesse, par la trop grande amitié qu'elle avait témoignée à l'âne de maître Jérôme ; elle avait de plus été recherchée par l'âne de Gargantua, mais comme c'était un malotru, elle ne voulut pas le voir. Vous aurez peut-être de la peine à croire ce que je vais vous dire, lorsque mon bel âne vint au monde, elle demeura deux mois malade ; elle avait pris pour garde, Robine qui était une bourrique de qualité, elle ne lui faisait jamais potage, qu'elle ne mît quatre ou cinq pots de vin, une livre de sucre et un picotin d'avoine, le tout mêlé ensemble. Lorsqu'elle fut relevée, elle devint orgueilleuse, pour avoir porté les hardes du roi de fève ; elle portait un bât tout battant neuf, elle avait un licol de soie cramoisi ; croyez qu'elle avait bon air. Elle n'avait jamais fait que ce pauvre âne mal instruit dans sa pauvre jeunesse, elle le fit aller à l'école d'Anières : pour ensuite le faire passer docteur à Montmartre, où il aurait insensiblement passé, si son père ne lui eût joué un vilain tour, en le retirant de ses études, où il aurait fait de grands progrès, s'il n'eût pas discontinué :

peut-être aussi que les lettres l'auraient tué : il est mort malheureusement à la fleur de son âge, s'il vivait encore, il n'aurait guère moins de quarante ans au mois de mai prochain. Il a fait une très-méchante affaire de se laisser mourir sitôt ; il ne m'a laissé pour héritage que sa peau ; s'il me fût mort une fille, je n'aurais pas tant pleuré, comme j'ai fait de mon bel âne : quand il me faisait fête, et me caressait depuis les pieds jusqu'à la tête, il ne faisait rien de mal-à-propos, il n'avait jamais point de repos ; car depuis qu'il est entré dans mon étable, il a pâti plus qu'un pauvre diable. Il était de bonne compagnie, et jamais ne se fâchait : ma femme lui a fait passer la porte plus de cent fois, oui, il a plus souffert, mon pauvre âne, que s'il avait été au fond des enfers : jamais il n'avait ni consolation ni joie ; mais enfin le courage me manque, je ne puis plus rien dire, c'est pourquoi contente-toi de déplorer sa perte : Pleure, pleure, Michel Morin, quand tu songes que ton bel âne est trépassé.

Mon pauvre Ane est trépassé
A la fleur de son âge,
Et pour tout héritage,
J'ai sa peau qu'il m'a laissée.
Il est pour moi trop tôt mort,
Je n'ai plus sa compagnie ;
S'il était encore en vie,
Nous le verrions encor.

TESTAMENT

ET DERNIÈRES PAROLES REMARQUABLES

DU SIEUR MICHEL MORIN.

AVERTISSEMENT AU LECTEUR.

On sera surpris qu'il y ait déjà quelques temps que Michel Morin soit mort, et que son Testament n'ait été au jour que le 4 du mois passé, en voici la raison : un des parens de Michel Morin, arrivant dans la maison où il venait de rendre l'âme, fit faire lecture du Testament ; voyant qu'il ne lui avait rien donné, il déchira le Testament en treize cent soixante-treize morceaux, dont on a été jusqu'à présent pour rejoindre toutes les pièces ; l'ayant copié du mieux qu'il a été possible, en voici un extrait mis en vers burlesques.

Le cœur, le zèle et le courage
De l'illustre grand personnage,
De ce fameux Michel Morin,
Lui a fait fracasser les reins.

Il attendrit les cœurs de marbre,
Quand il est tombé de cet arbre,
En voulant dénicher des pies ;
Il aurait bien pu tomber pis,
Qu'entre le jarret et la hanche ;
Même il tenait encore la branche :
On dit que si elle n'eût pas cassé,
Qu'elle aurait été forte assez.

Se voyant près de rendre l'âme,
Il a fait appeler sa femme,
Même sa fille et ses enfans,
Et tous ses plus prochains parens :
Avant que j'entre dans la terre,
Appelez monsieur le notaire ;
Avant d'aller au monument,
Je veux faire mon testament ;
Car si je venais à mourir,
Je n'en pourrais jamais guérir.

Notaire, pour faire mon testament,
Prenez bon et fort parchemin ;
Ecrivez, monsieur, pour ma femme,
Aïe, aïe, mes reins, je me pâme,
Je lui donne trois pièces de terre
Et ma maison, écrivez, notaire.

Sa femme lui dit : rêvez-vous ?
Nous n'avons point de terre à nous,
Ni de maison que l'on puisse écrire.
Taisez-vous je vais vous le dire.

A notre muraille tout en haut,
N'y a-t-il pas deux pots à moineaux ?
Et sous le lit de notre chambre,
Il y a un vieux pot de chambre :
Voilà les trois pièces de terre,
Achevez, monsieur le notaire.

Je donne à mon plus grand garçon,

Mon mal redouble, écrivez donc ;
Mais écrivez donc, je me fâche,
Je lui donne ma vieille hache,
Qui était la terreur des bois,
Quand je la tenais dans mes doigts ;
Va, mon fils, fais-en bon usage,
Car voilà le meilleur partage
Que je te donne en quittant la vie ;
Avec quoi tu gagneras ta vie ;
Car elle coupe un chêne en trois coups,
Quand il serait le plus gros de tous.

Et ma serpe à faire des fagots,
Je la donne à mon fils Pierrot ;
Mais sur-tout je te recommande,
Pour n'avoir nulle réprimande,
De faire toujours, mon fils Pierrot,
En conscience tes fagots.

Mais des fagots comme ton père,
Des fagots longs et bien entiers,
Fagots sur-tout bien fagotés,
Fagots liés à deux côtés,
Fagots sans herbes ni feuillage,
Des fagots à faire bon usage ;
Fagots sans bois courbés, bien pleins,
Des fagots faits de bons rondins ;
Sur-tout je veux que tu fagotes,
Des fagots toujours de bonne sorte,
Fagots qui passent la mesure,
Des fagots de bonne encolure ;
Faut faire de bons fagots d'auberge :
Fagots, afin qu'on se gauberge,
Des fagots pour durer trois heures ;
Enfin des fagots des meilleurs :
Point de fagots de cabaret,
Qui dans un quart-d'heure sont brûlés :
Je veux que tu passes en science,
Tous les fagoteurs de la France

Comme ton père Michel Morin,
Qui faisait des fagots bien étreints ;
Il faut fagoter mieux, Pierrot,
Que les fagoteurs de fagots,
Tu passeras, faisant des meilleurs,
Pour le maître des fagoteurs,
Et un des savans de la terre :
Ecrivez, monsieur le notaire.

Réponse du Notaire.

Que diable faut-il que j'écrive ?
Ces discours emplirait un livre,
Je ne puis mettre autre raison,
Que vous donnez à votre garçon,
Une serpe à faire des fagots ;
Qu'il les fasse petits ou gros,
Ce ne sont point-là mes affaires.

Michel Morin.

Écrivez toujours, notaire,
C'est moi qui paye sans faire crédit,
On doit travailler à la mode
Du payeur et à sa méthode.

Le Notaire.

Cela suffit, Michel Morin,
Dites, j'écrirai vos desseins ;
Quand je devrais gâter l'ouvrage,
Je ne parle plus davantage,
L'on trouvera assez de gens,
Pour corriger ce testament :
Sitôt que l'on a vu quelque ouvrage,
Tout le monde se dit plus sage
Que celui qui l'a inventé ;
Quelques livres ou nouveaux traités ;
Pour moi je plie comme un brin d'herbe,
Et je dis comme le proverbe,

Et tout par tout fort peu d'auteurs,
Mais parmi, mille critiqueurs;
Allons parlez, Michel Morin.

Michel Morin.

Aïe, aïe, je n'en puis plus des reins,
Je donne à mon fils Jerême,
Avec son visage blême,
Pour bien chasser, comme on m'a vu,
Mon creux, ma voix, mon estomac,
Pour la mémoire mon tabac;
Afin qu'il entonne en musique,
Répons des messes, vêpres et cantiques;
De mes mains je lui fais un don,
Pour bien jouer du carillon,
Et mes deux pieds sans nul reproche,
Pour dindonner les grosses cloches,
Aussi ma robe et mon bâton,
Pour aller en procession,
Afin qu'il soit bon magister;
Ecrivez, monsieur le notaire:
Je donne à mon fils Dominique,
Afin qu'il fasse bien la nique:
Aux critiqueurs plein de mépris,
La sagesse de mon esprit.

Sa fille, qui était par derrière,
Dit à Michel Morin son père,
Je vous prie, ayez soin de moi,
Mon père, vous savez bien pourquoi:
Je donne à ma chère fille unique,
Aïe, mon mal est pire qu'une colique,
Je donne à ma fille Marie,
Liberté de prendre un mari,
Tel qu'elle le choisira au village,
Je consens à son mariage,
Et si elle n'en peut pas trouver
Je lui laisse la liberté,

Quoique je consente au contrat,
De rester fille tant qu'elle voudra :
Voilà tout ce que je puis faire,
Ecrivez, monsieur le notaire.

Et moi, grand-père et parrain,
N'aurai-je rien, Michel Morin ?
A toi, mon filleul, je te donne,
Tant d'eau que tu peux boire au Rhône,
Au surplus trois sacs de grain.

Je vous remercie, mon parrain ;
Excusez si je vous demande,
Où est ce grain pour l'aller prendre ?
Tu t'en iras, mon garçon,
Aux champs, la prochaine moisson,
Quand les gerbes seront levées,
Il y aura quelques épis cassés,
Tu les ramasseras un à un,
Par-tout sur les champs du commun :
Quand tu auras glané trois sacs,
Tu auras de quoi vivre jusqu'à Pâques.

Réponse du Notaire.

Mais votre esprit va de travers :
Ecrivez toujours, notaire.

La Servante de Michel Morin.

Et moi, monsieur, je me présente,
Comme étant votre servante,
Depuis dix ans dans votre maison,
Ne me ferez-vous pas un don ?

Michel Morin.

Je te donne, chère Claudine,
Qui m'a tant fait la cuisine,
Viens-t-en ici auprès de moi,
J'ai encore du bon bien pour toi :
Va-t-en là-bas dans notre armoire,

Il y a deux œufs de ma poule noire,
Va, je te les donne, ma chère,
Mets-les bouillir dans la chaudière,
Retire toute la graisse à merveille,
Tu en feras de la chandelle :
Conserve bien tout le bouillon,
Il sera excellent et bon,
Tu en feras, ma bonne poupe,
Tout le carême de la soupe.

Ayant fini son testament,
Michel Morin perdit les sens,
D'une profonde rêverie,
Dit : je vois l'infanterie
Où la mort paraît à la tête,
Criant vîte que l'on m'apprête
Ma baïonnette et mon fusil :
Hardi, fonçons dans le péril.

La dernière heure de son trépas,
Michel Morin jouait des bras,
Il frappait d'estoc et de taille,
Derevan, derevi, derevan, derevas,
Et patati et patatas ;
Il croyait par ses vains efforts,
Qu'il aurait fait sauver la mort
Comme les vaches du compère
Qu'il chassa du cimetière.

Mais la mort qui joue les hommes
Comme un joueur pelote à la paume,
S'écarta un moment de sa vue ;
Le moment n'étant pas venu,
Michel Morin, d'un ton de gloire,
Commence à s'écrier victoire :
Cela ne dura pas long-temps,
Car il vit au même moment,
Comme une armée avec des dards,
Qui l'entourait comme un rempart,

Michel Morin dit en ce jour,
Ah! ah! vous avez du secours,
Vîte, ma perche, sans remise,
Quand j'ai fait sortir de l'Eglise
Les moineaux dedans un moment,
Je vous en vais faire autant.

Dans le temps qu'il criait si haut,
La mort aiguisait sa faulx,
D'un simple coup par son envie,
La cruelle termina la vie
De l'illustre Michel Morin :
Voilà comme il trouva sa fin.

Il est trépassé, la bonne âme,
Le jour qu'il a rendu l'âme :
Même un quart d'heure avant sa m
On assure qu'il vivait encor

FIN.

Essays

Erich Mühsam

Politisches Variété

Aus: Kain, 1912

Politik ist die Kunst, Staatsgeschäfte zu besorgen. Kunst nicht im Sinne der werteschaffenden Kultur, sondern im Sinne der Artistik: denn in der Politik handelt es sich um Jonglieren, Balanzieren, Seiltanzen, Sprüngemachen. Politik also ist das Kunststück, Staatsgeschäfte zu besorgen. Die Berufsartisten dieser Spezies der Leichtathletik nennt man Diplomaten. Ihre Fertigkeit ist Begriffsverrenkung, Rechtsverdrehung, Verschwindenlassen offenkundiger Tatsachen und Herbeizaubern von Irrealitäten. Wer es im Durcheinanderwerfen scheinlogischer Seifenblasen zu besonderer Geschicklichkeit gebracht hat, wird von den Staatsbürgern als Staatsmann hoch gepriesen und erhält von seiner Direktion edelsteingeschmückte Orden. Die Stars der Diplomatie scheinen seit geraumer Zeit ausgestorben zu sein. Die das Handwerk heutzutage betreiben, beweisen in ihren Vorführungen soviel Ungeschick, daß das zahlende Publikum ihnen nachgerade hinter die Schliche kommt. Man fängt an, die Hexerei zu bezweifeln, da den Hexenmeistern die Geschwindigkeit abhanden gekommen ist. Dilettanten drängen sich an den Zauberkasten, den Zuschauern gefällt die Gaukelei nicht mehr, sie wollen mitspielen und zeigen, wie man die Sache besser machen kann. Der geheimnisvolle Staatskarren hat die Gardinen zu weit zurückgeschoben. Die Zauberutensilien sind erkannt worden. Hinz und Kunz wollen selber zu jonglieren versuchen. Man mußte den Wagen rot lackieren und aufs Firmenschild »Demokratie« malen.

Hinz und Kunz haben ihren Willen erreicht. Die Staatskunst ist auf die Dörfer gegangen. Die Märkte und Flecken wählen ihre Faxenmacher selbst und sehen befriedigt zu, wie die Auserwählten ihre teuren Porzellanteller auf der Nase balanzieren, fallen lassen und entzweischmeißen. Hinter der Bühne ist man bemüht, die Scherben zu kitten, damit das Variété weiter spielen kann. Ein wenig Kritik hat das pro tempore zahlende Publikum allmählich gelernt. Darauf ist es aber noch nicht gekommen, daß die Teller und Glaskugeln, mit denen im politischen Elumstheater gearbeitet wird, seine Rechte und Interessen sind, daß der Gaul, auf dem die Diplomatie hohe Schule reitet, sein Buckel, und das Seil, auf dem Politik getanzt wird, sein Lebensnerv ist. Es schaut gemächlich zu, wie die Staatsartisten der verschiedenen Länder um seine Knochen würfeln, und findet gar nichts dabei, daß zur Austragung ihrer Katzbalgereien sein Blut gezapft wird. Der politische Hokuspokus ist ein verdammt gefährliches Handwerk, nicht für die, die es treiben, sondern für die, mit denen es getrieben wird: und das Objekt der Politik sind die Völker, sind die Nationen im Rahmen der von den Diplomaten gezogenen Landesgrenzen. Alle politische Aktion gilt der Übertölpelung, Überschreiung, Übervorteilung des nationalen Konkurrenz-Variétés.

Treten Sie ein, meine Herrschaften! Hier ist zu sehen der zweiundvierzig Jahre alte Wundervogel Deutschland! Das Fabelhafteste in seiner Art! Reicht mit ausgespannten Fittichen von der Maas bis an die Memel, und vom Kopf zu den Krallen von der Etsch bis an den Belt! Noch nicht dagewesen! Schlägt jede Konkurrenz! Balanziert in einer Klaue das stärkste aller stehenden Heere, mit Reservisten und Landwehr vier Millionen Mann! Dazu eine Riesen-Schlachtflotte: Panzer, Kreuzer, Torpedos und alles Zubehör! Kolossal! – In der andern Ihre Steuern, meine Verehrten! Ihre Abgaben an Nahrungs- und Genußmitteln, an Beleuchtung, Heizung, Kleidung, Vergnügen und einen kolossalen Bruchteil aller Ihrer Einnahmen! Schwingt gleichzeitig im Schnabel eine noch nie gesehene enorme neue Wehrvorlage nebst eben erfundener Steuerdeckung! Kommen Sie näher, meine Herrschaften! Einzig dastehend! Kinder und Militär ohne Charge zahlen die Hälfte!

Und nebenan:

Kikeriki! Entrez 'sieurs-dames! Hier ist zu sehen der berühmte, konkurrenzlose, wunderbare gallische Hahn! Der, wo die Franzosen das Fliegen gelehrt hat! Er verfügt über die stärkste Luftflotte der Welt! Er beherrscht die ruhmreiche, unbesiegbare gewaltige grrrrande armee! Er wird fliegen vor Ihren Augen à Berlin! Er wird anführen la grrrande Nation und wird zerstören von oben herunter mit Bomben und Granaten die Konkurrenz prussienne! Vive la republique française! Entrez 'sieurs-dames! Kikeriki! Das pro tempore Publikum östlich und westlich der Vogesen sperrt Mäuler und Ohren auf, schreit bravo! und zahlt. Zahlt, daß ihm das Blut aus den Poren schwitzt, zahlt, daß es über dem Geldklimpern nicht hört, wie sich hinter den Kulissen der politischen Variétés östlich und westlich der Vogesen die Artisten untereinander prügeln. In jeder Bude haben sich Parteien gebildet. Die wissen schon kaum mehr, daß sie das Dach des Nachbars in Brand stecken wollen, die möchten nur noch, jeder dem anderen, die Kosten aufladen.

Und die Harlekine und Clowns, die Akrobaten und Salonhumoristen überbrüllen einander und schreien ins Publikum hinein: Wählt! Ich bin der wahre Jakob! Wer mich wählt, soll gar nichts zahlen! Ich will nicht dich besteuern, lieber Wähler, sondern deinen Freund, deinen Nächsten, deinen Gutsherrn, deinen Taglöhner, deine Waschfrau, deinen Gastwirt, aber beileibe nicht dich! Und der Wähler hört's, ist ergriffen von der Weisheit seines Kandidaten und macht von seinem Recht Gebrauch – östlich der Vogesen und westlich.

Möchtet ihr nicht die politischen Gauklerbuden abbrechen, liebe Mitmenschen? Möchtet ihr nicht einsehen, daß euer Land da ist, wo ihr lebt und gedeiht, und nicht da, wo Bismarck Grenzlatten gebaut hat? Möchtet ihr nicht versuchen, für den Ertrag eurer Arbeit zu leben, statt damit Armeen zu füttern? Möchtet ihr nicht Verständigung anstreben zwischen euch und friedliche Gemeinschaft, statt für Kampf und Krieg Marktschreier zu dingen? Möchtet ihr nicht, liebe Mitmenschen, westlich und östlich der Vogesen, diesseits und jenseits der Meere, euch gegenseitig anschauen und euch fragen, ob ihr dazu Menschen seid, um allezeit als Statisten in einem Affentheater zu wirken? Möchtet ihr nicht, jeder bei sich selbst, einmal Umschau halten, ob denn im eigenen Lande alles im Rechten ist, statt euch gegenseitig anzufletschen und Böses zu tun? Weit, weit im asiatischen Osten haben sich, fast unbemerkt, im Getöse des politischen Variété-Krakehls seltsame Wandlungen vollzogen. Über Nacht, möchte man sagen, hat die mächtige Mandschu-Dynastie aufgehört zu sein. Ein Riesenvolk hat Ordnung geschafft im eigenen Lande. Die Aufteilung Chinas, die unsere Lehrer uns mit prophetischem Blick vorausgesagt haben, vollzieht sich: nur anders, als unsere Lehrer sie sich vorstellten. China wird aufgeteilt unter den Chinesen. – Aber das ist weit, weit von hier, im asiatischen Osten. Wir werden ins Kino-Variété gehen und uns den Film aufrollen lassen.

Vom Wirken des Künstlers

Ein Gespräch bei Königsberger Klops

Nichts bietet eine solidere Grundlage für streitbare Unterhaltungen als ein gut bereitetes Mittagessen. Die heterogensten Gedankengänge wachsen aus einem gemeinsamen Boden heraus, und die gleichzeitige Betätigung gern bewegter Muskeln balanciert wohlwollend die seelischen Emotionen der Streitenden.

Die Diskussion, die die folgenden Betrachtungen erweckte, fand bei Königsberger Klops statt. Schon bei der Suppe hatte mein Bruder, der ein wissenschaftlich ernst fundierter Arzt ist, ironisch bemerkt, daß ich in meiner übeln Gewohnheit zu dichten doch eigentlich eine recht verfehlte Lebenstendenz verfolge. Meine Schwägerin ist eine zu vortreffliche Wirtin, als daß nicht mein Vergnügen an den knusprigen Semmelbröckchen, die in der Suppe schwammen, den Verdruß über die lieblose Äußerung meines Bruders bei weitem überwogen hätte. So erklärte ich einfach, während ich mir die Reste der sämigen Brühe vom Schnurrbart wischte (Suppe essen ist für einen bärtigen Mann stets eine Tragödie), daß ich außer der geringen finanziellen Ausbeute nichts wüßte, was mich diese Gewohnheit als eine üble erkennen ließe, zumal ich Grund zu der Annahme hätte – hierbei schlug ich mir mit der Serviette vor die Brust –, daß meine Produktion für die deutsche Literatur von beträchtlichem Wert sei.

Die Klöpse wurden aufgetragen. Diesem Umstande allein hat es mein Bruder zu danken, daß ich die höhnische Physiognomie, die er bei meinen stolzen Worten aufsetzte, nicht mit dem Vortrag eines meiner neuesten Gedichte beantwortete. Aber seine Miene nahm einen heitern und friedlichen Ausdruck an, als er sich drei dicke Klöpse auf den Teller geladen hatte und sie nun in der köstlichsten Kapernsauce baden ließ. Auch mir floß mit der Kapernsauce eine versöhnliche Stimmung über das Gemüt, und es gelang mir, ein freundliches Lächeln zu bewahren, als mein Bruder halb feierlich, wegen der Mission, die er mit seiner Rede erfüllte, halb schmunzelnd, wegen des bräunlichen Dufts, den die Königsberger Klöpse ausströmten, folgendes sagte: »Lieber Erich! Deine Gedichte in allen Ehren. Davon verstehe ich nichts. Aber ich bin überzeugt, daß Goethe gegen dich ein eitler Stümper war.« (Ich schüttelte bescheiden den Kopf.) »Aber sag mir doch bloß einmal: was hat eure ganze Dichterei überhaupt für einen Wert? Wem nützt ihr damit? Wo helft ihr mit euern schönsten Versen der Menschheit einen kleinsten Schritt weiter? Ihr Künstler seid doch wahrhaftig die zwecklosesten Leute, die auf der weiten Welt herumlaufen!«

Ich hätte es jetzt, wenn ich ein gewandter Feuilletonist wäre, so furchtbar leicht, meinen Bruder abzuschlachten. Ich brauchte nur aus unserer Unterhaltung einen literarischen Dialog zu machen. In so einem Dialog redet der, der ihn nachher der Welt übermittelt, immer äußerst geistreiche Gedanken. Er fertigt den andern so schlagend ab, daß der sogleich seine Weltanschauung revidiert oder doch wenigstens sich in tiefen, beinah reumütigen Gedanken eine Zigarre anzündet. In der Wirklichkeit gibt es aber gar keine literarischen Dialoge, wo Tugend und Recht siegt. Im Gegenteil: da behält immer am Ende der recht, der unrecht hat, und der, der recht hat, kommt sich wie ein zerknirschtes Rindvieh vor. Das liegt daran, daß eine unrichtige Ansicht immer System hat, eine richtige nie. Was richtig ist, weiß man, und was man nicht weiß, begründet man. In diesem Falle hatte mein Bruder die Gründe, und daher bildet er sich noch heute ein, daß er recht hat.

Ich war aber überhaupt im Nachteil gegen ihn. Denn erstens ist er mit meiner Schwägerin verheiratet; daher konnte er sein Interesse zwischen dem Wirken des Künstlers und dem Königsberger Klops, der für ihn nichts Neues war, viel leichter teilen als ich, dessen Hingabe aufs heftigste von der Kapernsauce in Anspruch genommen war. Außerdem schmeichelte mir bis zur Kritiklosigkeit die raffinierte Formulierung seiner Betrachtung; denn mit dem »ihr« konnte er doch immer nur mich und Goethe meinen; und schließlich hatte er sich doch schon so lange mit dem Ärger gegen die Künstler zugunsten seiner Wissenschaftlichkeit getragen, daß er längst ein System konstruiert hatte, das nun auf mich herab explodierte.

Nein – nein! Kein literarischer Dialog soll mir zum Siege verhelfen. Ich will wahrhaft und getreulich berichten, wie ich und Goethe und alle Dichtung und alle Kunst bei Königsberger Klops zerschmettert und widerlegt wurde.

Meine Gabel zerquetschte gerade den fünften Fleischkloß, als ich mich zu der entrüsteten Erwiderung aufraffte: »Na hör mal, der Zweck einer Sache kann doch in ihr selbst liegen. So ist es bei der Poesie und bei jeder Kunst. Damit soll der Menschheit nicht genützt werden? – Ach, du lieber Himmel! Wo wäre die Menschheit, wenn es keine Künstler gäbe!«

Mein Bruder zerspießte eine Kartoffel, daß der Teller klirrte. »So?« rief er. »Meinst du, ohne Shakespeare und Goethe und dich und Beethoven und Böcklin und wie ihr alle heißt« – (ich war schon wieder halb ausgesöhnt) – »meinst du, ohne euch hätten wir kein Telefon und keine Zigarren und führen nicht im Automobil und im lenkbaren Luftballon?«

»Wann wärst du denn im Lenkballon gefahren?« – Ich war schon zufrieden, in meiner ausweichenden Antwort wenigstens eine brauchbare Übersetzung für »le dirigeable« gefunden zu haben.

Aber mein Bruder hatte offenbar keinen Sinn für die Sprachbereicherung. Er schimpfte: »Ei was! – Das ist doch kein Einwand! Die Wissenschaft schreitet mit riesigen Sätzen vorwärts. Täglich werden neue Verfahren entdeckt, um Krankheiten aus der Welt zu schaffen. Das nenne ich Wirken! Das heißt der Menschheit dienen und nützen! – Aber was wißt ihr davon? – Kennst du den Namen Wassermann?« – rief er plötzlich, wobei er triumphierend eine Kaper von der Gabel sog.

Endlich! dachte ich. Läßt er erst mal einen gelten, dann komme ich ihm überhaupt bei. Leider habe ich aber von Jakob Wassermann nicht alles gelesen und mußte befürchten, in meiner eigenen Arena geworfen zu werden. Schüchtern stammelte ich daher etwas von Renate Fuchs und einem nie geküßten Mund. Die Juden von Zorndorf wollte ich erst bei Gelegenheit lesen.

Mein Bruder legte die Gabel aus der Hand. Es war das erstemal während des Essens, so daß ich Schreckliches kommen sah. Dann meinte er gedehnt: »Wie? – Was? – Nie geküßte Juden? – Renate von Zorndorf? – Bist du rappelig? – Ach, du redest wohl von einem Dichter? –«

Ich nickte.

»Mensch! Ich spreche vom Geheimrat Professor Dr. Wassermann, einem unserer berühmtesten Therapeutiker, der zuerst die Serumtherapie bei Lues angewandt hat. Von dem hast du nie etwas gehört?«

»Nein«, sagte ich melancholisch, während ich mir einen Löffel Kapernsauce über den siebenten Klops träufelte.

»Da sieht man's«, donnerte er. »Während die physiologische Wissenschaft die ungeheuersten Umwälzungen in allen sozialen, hygienischen und humanitären Verhältnissen herbeiführt, lauft ihr« (er meinte offenbar wieder Goethe, Shakespeare, Beethoven, Böcklin und mich) »lauft ihr an einen dreckigen Bach und laßt euch vom Mond zu euern kolossalen Schöpfungen inspirieren. Und habt ihr nachher glücklich sechs Leute gefunden, die sich das Zeug mit himmelnden Augen anhören, meint ihr, ihr wäret wer weiß was für Nummern! Redet von Kultur! Beweihräuchert euch gegenseitig, ich weiß nicht wie! – Sieh dir doch die Zeitungen an: über jeden obskuren Maler oder Dichter oder Musiker oder Schauspieler, der sechzig Jahre alt wird oder stirbt oder seit fünfundzwanzig Jahren die Welt mit seinem Genie beglückt, spaltenlange Lobarien; aber von Professor Wassermann hat kein Mensch eine Ahnung!«

Wir waren inzwischen beide dabei angelangt, daß wir die Kapernsauce mit einem Stückchen Brot austunkten, und ich beschloß nun, zum Angriff überzugehen.

»Na!« sagte ich also. Damit fange ich immer an, wenn ich etwas Gewichtiges zu sagen gedenke: »Hast du denn, wenn du zum Beispiel ins Theater gehst und den ‚Othello' siehst, oder du hörst in der Philharmonie die Neunte Sinfonie von Beethoven, oder du stehst im Kaiser-Friedrich-Museum vor ‚Jakobs Kampf mit dem Engel' von Rembrandt, oder du liest Goethes ‚Füllest wieder Busch und Tal' – hast du dann nie eine innere Erhebung, fühlst du dich dann nie größer und freier und beglückt – –«

»Hör bloß auf«, unterbrach mich mein Bruder. »Du siehst, ich esse Königsberger Klops« (er fing aber schon mit dem Kompott an), »da kannst du nicht von mir verlangen, daß ich elegische Deklamationen anhören soll. Aber, damit du weißt, wie ich über die Kunst denke, will ich dir doch ein Zugeständnis machen. Ich sehe mir zwar im Theater nicht den ‚Othello' an, sondern höchstens mal im Herrnfeld-Theater die ‚Klabriaspartie'. Aber das gebe ich dir ohne weiteres zu, daß mich die Kunst immerhin mal amüsieren kann.«

»Aber die ernsthafte Kunst!« rief ich.

»Natürlich. Warum nicht auch die ernsthafte Kunst? – Aber mehr als Amüsement kann ich der auch nicht abgewinnen. Und das ist ja auch gewiß etwas Gutes.«

Ich schob den letzten Löffel Preißelbeeren in den Mund und sagte: »Aber amüsieren kannst du dich doch auch ohne Kunst.«

»Allerdings«, gab mein Bruder zu. »Es macht mir auch gar keinen Unterschied, ob ich die ‚Klabriaspartie' vorgespielt kriege oder die Neunte Sinfonie oder ob ich vom Fenster aus zusehe, wie sich draußen zwei Hunde beißen. Das Vergnügen dabei ist nur graduell unterschieden. Es werden allenfalls verschiedene Muskeln davon tangiert.«

»Du bist ein Barbar!« stöhnte ich.

»Möglich«, meinte er gemütsruhig. »Das ändert aber gar nichts an der Tatsache, daß die bei Lues angewandte Serumtherapeutik ein kulturell unendlich wertvolleres Ereignis ist als alle Werke deiner berühmtesten Künstler zusammengenommen.«

Ich fühlte: dagegen war nicht aufzukommen. Ich kippte daher nur noch schnell den Kaffee herunter, ließ mir von meinem Bruder eine Zigarre auf den Weg mitgeben, reichte meiner Schwägerin trübselig die Hand und schlug mich davon.

Unterwegs hielt ich Selbstgespräche, in denen ich energisch meinen Bruder apostrophierte. Wir wirken aber doch! erklärte ich ihm bei mir. Na ja – auf dich wirken wir nicht. Aber liegt das an uns? (Es war mir schon ganz geläufig geworden, mich mit Goethe und den übrigen als »wir« zu fühlen.) Ich behaupte, die Welt wäre öde, stumpfsinnig, roh, perfid – nein, noch öder, stumpfsinniger, roher und perfider als sie jetzt schon ist, gäbe es keine Kunst und keine Künstler. Hunderttausenden, Hundertmillionen geben wir Trost und Erhebung und Heilung und Hoffnung. Ist das gar nichts? Hä? – Und wenn du dabei nichts für dich herausholst, dann geht uns das so wenig an wie die Serumtherapie bei Lues. Schließlich ist ja auch noch nicht jeder Mensch luetisch.

Ich war froh, meinen Bruder dergestalt doch noch widerlegt zu haben. Dann wandte sich meine Betrachtung in innigem Behagen der Erinnerung an die Königsberger Klöpse zu, und meine Seele schwamm in Kapernsauce. Ausgesöhnt mit der Welt und zufrieden mit mir ging ich ins Kaffeehaus und dichtete meine Ballade ›Meta und der Finkenschafter‹.

Die Gräfin

... Zum Freundeskreis der Gräfin Reventlow gehörten in den letzten Jahren ihrer Münchener Zeit der Psychoanalytiker Dr. Otto Groß und der Nationalökonom Professor Edgar Jaffe, der, wie schon erwähnt, später Finanzminister der Eisnerschen Revolutionsregierung wurde. Groß wollte der Gräfin helfen, indem er in seiner genialen und faszinierenden Art alle ihre Sorgen und Leiden als Wirkung seelischer Komplexe bewußt zu machen und dadurch aufzulösen suchte, Jaffe bot ihr eine Stellung als Privatsekretärin an. Sie schwankte zwischen den starken Eindrücken der Psychoanalyse, die sie übrigens zugleich sehr lustig ironisierte, und der Aussicht, eine feste Existenz zu erhalten, auf der einen Seite, andererseits einem Angebot, in Paris als Kassendame bei einer Kunstausstellung eine Stellung anzunehmen, die ihrem Erlebnisdrang einigermaßen entgegenkam, hin und her. Sie entschloß sich endlich zu Paris. In dieser Zeit – gegen Herbst 1910 – kam eine Freundin von mir aus Ascona nach München zurück und berichtete mir folgendes: Der Vater des Barons Rechenberg habe sich nun ebenfalls in Ascona festgesetzt und möchte gern, daß der Sohn heiraten solle. Das habe Rechenberg junior auf die Idee gebracht, der geliebten Waschfrau, da er sie schon nicht haben könnte, dadurch zu helfen, daß er deren Töchterchen zu seiner Erbin mache. Nach russischem Recht würde aber sein väterliches Erbteil nach seinem Tode an die Geschwister fallen, falls er unverheiratet stürbe. Sei er aber verheiratet, so könne er selbst letztwillig verfügen. Darum lasse mich Rechenberg fragen, ob ich nicht eine Frau für ihn wisse, die mit ihm einen Scheinehevertrag eingehen möchte. Sie würde, sobald er die Erbschaft antrete, die Hälfte des Vermögens sofort ausgezahlt erhalten, dürfe aber an die andere Hälfte keinerlei Ansprüche stellen, die solle für das Kind der Waschfrau bleiben. Eine Verpflichtung aus der Ehe anderer Art käme selbstverständlich nicht in Frage.

Als ich den Vorschlag hörte, rief ich augenblicklich: »Die Gräfin!« Von der hatte ich mich am selben Vormittag verabschiedet, da sie am anderen Morgen nach Paris abreisen wollte. Ich stürzte sofort in ihre Wohnung und ließ ihr einen Zettel zurück, daß sie unbedingt noch zu mir kommen müsse. Abends kam sie.

»Sagen Sie mal, Gräfin«, sagte ich, »Sie sollen eine Baronin werden.« – »Sie sind wohl verrückt«, entgegnete sie und dann setzte ich ihr dir

Geschichte auseinander. »Wie heißt der Kerl?« fragte sie nach kurzer Überlegung und meinte dann: »Rechenberg ist ganz praktisch. Da brauche ich ja nicht einmal die Monogramme in den Taschentüchern umzusticken.« Sie beauftragte mich, die Rechtsverhältnisse nach den russischen Gesetzen zu ermitteln, mich mit dem Balten direkt in Verbindung zu setzen und alles zu tun, was die Sache fördern könne. Sie reiste ab, und ich machte mich ans Werk, froh, der wertvollsten Frau, die ich kannte, ein für allemal aus Elend und Bruch helfen, zugleich einem armen, italienischen Proletarierkind eine sorgenfreie Zukunft schaffen und dem gutmütigen Säufer das Herz erleichtern zu können. Es mag genügen, zu wissen, daß die Eheschließung tatsächlich zustande kam. Die Gräfin schilderte mir in einem bezaubernden Briefe die Zeremonie in der Kirche zu Locarno; sie erschien im Strandkleid, der Gatte im Matrosendreß, und der Schwiegervater, der keine Ahnung hatte, daß das Ganze Komödie war, voll Glück, daß dem mißratenen Sohn sogar eine leibhaftige Gräfin beschieden sei, im Bratenrock und Zylinder. Als er später dahinterkam, was es mit der ganzen Heiraterei auf sich hatte, war es zu spät.

Dann erhielt ich – ich denke 1912 — eine Karte mit der Mitteilung, die Erbschaft sei fällig. »Hoffentlich gibt es keine Mißernte.« Na, es gab lange Prozessiererei und schließlich nicht die hunderttausend, doch aber an die vierzigtausend Franken, eine für die Gräfin märchenhafte Summe.

Was weiter geschah, hat die glückliche Erbin in ihrem kostbaren Roman »Der Geldkomplex« selber wenigstens angedeutet. In dem Briefe, der mir den Verlauf berichtete, beklagte sie sich nur über den eigenen Leichtsinn, der darin lag, daß sie zum ersten Male in ihrem Leben etwas bürgerlich vollkommen Korrektes getan hatte, nämlich das Geld einer Bank zu übergeben. Mit einer kleinen Summe fuhr sie nach Nizza. Von dort zitierte sie ein Alarmtelegramm zurück, und als sie in Locarno eintraf, hatte die Bank, eines der bedeutendsten Schweizer Institute, gerade falliert, war die Erschaft vollständig beim Teufel. »Es scheint kein Segen an dem Geld gehangen zu haben«, meinte sie in dem Brief an mich melancholisch, fand aber zugleich, daß die ganze Geschichte nur ihr ähnlich sehe. Danach habe ich die Gräfin nur noch ein einziges Mal gesehen, als der Krieg schon im Gange war. Sie war durch die Heirat Russin und daher »Feindin« geworden. Nun kam sie bei mir an und klagte, daß ihr Junge, der damals sechzehn Jahre alt war, durchaus als Freiwilliger gehen wolle. »Er hält den Krieg für eine Indianergeschichte«, sagte sie todunglücklich. Zum Glück wurde ihr Bubi damals nicht genommen, und als er zwei Jahre später mußte, da hat die mutige Gräfin ihrer Mutterliebe die Krone aufgesetzt und ihn mit eigener Gefahr in Sicherheit gebracht. Wie das geschah, gehört aber nicht in meine Erinnerungen hinein, am wenigsten in die unpolitischen. Im Sommer 1918 erreichte mich in Traunstein, wo ich interniert war, die Nachricht, daß Franziska zu Reventlow gestorben sei.

Aus: Unpolitische Erinnerungen, 1927/29

Appell an den Geist.

Wir Menschen sind geschaffen, in Gesellschaft miteinander zu leben; wir sind aufeinander angewiesen, leben voneinander, beackern miteinander die Erde und verbrauchen miteinander ihren Ertrag. Man mag diese Einrichtung der Natur als Vorzug oder als Benachteiligung gegenüber fast allen anderen Tieren bewerten: die Abhängigkeit des Menschen von den Menschen besteht, und sie zwingt unsern Instinkt in soziale Empfindungen. Sozial empfinden heißt somit, sich der Zugehörigkeit zur Gemeinschaft der Menschen bewußt sein; sozial handeln heißt im Geiste der Gemeinschaft wirken.

Dies ist der Konflikt, in den die Natur uns Menschen gestellt hat: daß die Erde von unseren Händen Arbeit fordert, um uns ihre Früchte herzugeben, und daß unser Wesen bestimmt ist von Faulheit, Genußsucht und Machthunger. Wir wollen Nahrung, Behausung und Kleidung haben, ohne uns dafür anstrengen zu müssen; wir wollen, fern von der Pein quälender Notwendigkeiten, beschaulich genießen; wir wollen Macht ausüben über unsere Mitmenschen, um sie zu zwingen, uns unsre heitere Notentrücktheit zu sichern Den Ausweg zu finden aus dieser Diskrepanz: das ist das soziale Problem aller Zeiten.

Nie hat sich eine Zeit kläglicher mit dem Problem abgefunden als unsere. Der kapitalistische Staat, das traurigste Surrogat einer sozialen Gesellschaft, hat im Namen einer geringen, durch keinerlei geistige oder menschliche Eigenschaften ausgezeichneten Minderheit die Macht über die gewaltige Mehrzahl der Mitmenschen okkupiert, indem er sie von der freien Benutzung der Arbeitsmittel ausschließt. Sein einziges Machtmittel ist Zwang; gezwungene Menschen beschützen in gedankenloser Knechtschaffenheit Faulheit und Genuß der privilegierten Machthaber. Wild, sinnlos, roh, von keinem Brudergefühl gebändigt toben die Menschen gegeneinander. Was sie als Macht erstreben, ist nüchterner Besitz an materiellen Gütern. Der Kampf aller gegen alle ist kein Ringen um den Preis der Schönheit, der inneren Freiheit, der Kultur, – sondern eine groteske Balgerei um die größte Kartoffel. Auf der einen Seite Hunger, Elend, Verkommenheit; auf der anderen Seite geschmackloser Luxus, plumpe Kraftprotzerei, schamlose Ausbeutung. Und all das chaotische Getümmel verstrickt in einem stählernen Netz von

Gesetzen, Verordnungen, Drohungen, die die bevorzugte Minderheit schuf, um ihrer Gewaltherrschaft das Ansehen des Rechts zu geben.

Eine verlogene Ethik hat das Wissen um Wahrhaftigkeit und Rechtlichkeit vergiftet. Rabulistische Advokatenlogik hat den guten, reinen und wahren Begriff der Freiheit zum Popanz autoritärer Marktschreier verdreht. Die Verständigung der Menschen beschieht im Kauderwelsch der Politik; der Wille der Menschen beugt sich unter abstrakte Paragraphen, das Rückgrat der Menschen paßt sich verkrümmten Uniformen an.

Geknebelt ist der Gedanke, das Wort und die Tat, – geknebelt selbst die Sehnsucht nach Gerechtigkeit und Menschlichkeit. Die Seele des Menschen ist dem Staate beamtet, und der Geist der Menschen schläft im Schutze der Obrigkeit.

Kein Knirschen der Wut stört die Hast der Geschäfte. Der Lärm geht um den Profit; kein Stöhnen der Verzweiflung übertönt ihn. Wer aber warnend seine Stimme hebt, wer Menschen sucht, um mit ihnen zu bauen, aufzurichten das Werk der Freiheit, der Freude und des Friedens, dem gellt das Lachen ins Ohr derer, die sich nicht stören lassen wollen, derer, die Tritte empfangen und um sich treten, das Hohnlachen der Philister.

Welche Ansicht der Mensch von den Dingen der Menschen haben darf, ist vom Staate abgestempelt. Einzelne Einrichtungen des Staates, besondere Maßnahmen darf er kritisieren, benörgeln, beschimpfen. Aber wehe dem, der der Fäulnis der Gesellschaft in die Tiefe leuchtet. Er ist verfemt, geächtet ausgestoßen. An Mitteln fehlt es den Philistern nicht, ihn unschädlich zu machen: sie haben ihre »öffentliche Meinung«, sie haben die Presse. Wohl eifern auch die Organe der verschiedenen Parteien gegeneinander; wohl tuten auf der Jagd nach dem Profit in den Gefilden der öffentlichen Meinung die Hörner am lautesten und am schrillsten. Aber darin sind sie einig: der freie Gedanke, das freie Wort, die freie Sehnsucht darf keine Stätte haben in ihrem Revier. Ein breiter Graben zieht sich durch ihrer aller Lager; und in dem fließt der Strom, mit dem wir schwimmen müssen.

Hoch über den Ebenen, in denen die Philister einander in die Seiten puffen, ragt die Burg, darin der Geist wohnt. Der Literat und der Künstler wenden den Blick degoutiert ab vom Gewimmel der Menge.

Was schert es sie, wie Hinz den Kunz übers Ohr haut ! Dem Bettler, der am Weg die Drehorgel leiert, gibt man mildtätig einen Groschen und geht seines Weges. Zu ihnen hinauf, in die Domänen der Kultur darf der Dunst des Alltags nicht steigen. Die Nase zu vor den Ausdünstungen des Volks! Den Blick empor zu den reinen Höhen der Geistigkeit.

Lächelnd spottet man bei den ästhetischen Gelagen über den Snob, der auf die Tribüne steigt und die Massen aufruft zum Kampf gegen Gewalt und Ausbeutung, für Recht und Freiheit. Ein Sensationshascher und Reklameheld – im besten Falle ein verrannter Narr, dem es schon recht geschieht, wenn man ihn ignoriert und boykottiert. Was geht ihn die soziale Not des Volkes an?! ...

Der Künstler, der sich allem, was die Umwelt angeht, so hoch überlegen dünkt, ist ein Philister. Seine bequeme Zufriedenheit hat nichts Erhabenes, sondern nur etwas Verächtliches. Er verschließt die Augen vor dem Elend, in dem er selbst bis an die Knöchel watet, und macht sich damit für die Behörden zum Erwünschtesten aller Staatsbürger.

Aber gerade der Künstler hätte tausendmal Grund, wütend aufzubegehren gegen die Schändlichkeiten unseres Gesellschaftsbetriebes. Sein Werk steht – und das muß so sein – jenseits der Marktbewertung. Unter den Zuständen, die uns umgeben, ist es daher überflüssig, wertlos, unnütz und mithin lächerlich oder gefährlich. Der Kunstler selbst gilt –sofern er nicht als Kapitalist andere Menschen für sich arbeiten läßt – als Schmarotzer, als Schädling, als Verkehrsstörung. Soll ihn seine Kunst ernähren, so muß er sie dem verrotteten Geschmack des Banausentums unterordnen, und er verkommt menschlich und künstlerisch. – Hat er aber die Mittel zum Leben, produziert er, wozu es ihn treibt, so bleibt sein Werk den Mitmenschen fremd, und die höchste Freude des Schaffenden, mit seiner Arbeit Menschenseelen zu erfrischen und zu erhellen, bleibt ihm versagt.

Aber er ist ja Esoteriker. Ihm genügt ja die Anerkennung der wenigen, derer, die »reif« sind für seine Kunst, die gleich ihm dem Spektakel des Lebens fernestehen. Ach, Schwätzerei! –Das ist eine matte, blutleere, dürftige Kunst, die nicht getränkt ist vom warmen roten Zustrom der lebendigen Wirklichkeit. Nur das sind noch immer die Zeiten der Kultur gewesen, in denen Geist und Volk eins waren, in denen aus den Werken der Kunst und des Schrifttums die Seele des Volkes leuchtete.

Ihr törichte Einsame, die ihr wähnt, oben in euern Ateliers andre, freiere Luft zu atmen als die Masse auf den Plätzen der Städte! Auch ihr eßt auf euerm Kothurn das Brot, das Menschenhände gesäet, Menschenhände gebacken, Menschenhände euch gereicht haben. Tut nicht, als wäret ihr Besondere! Seid Menschen! Habt Herz!

Und besinnt euch auf die Unwürdigkeit eurer Existenz! – Ihr, die ihr Werke schafft, aus denen der Geist unsrer Zeit in die Zukunft flammen soll, sorgt, daß eure Werke nicht lügen! – Helft Zustände schaffen, die wert sind, in herrlichen Taten der Kunst und der Dichtung gepriesen zu werden! Täuscht der Nachwelt nicht Bilder vor, die das jämmerliche Grau unsrer Tage in Gold malen! Seid keine Philister, da Ihr allen Anlaß habt, Rebellen zu sein!

Paria ist der Künstler, wie der letzte der Lumpen! Wehe dem Künstler, der kein Verzweifelter ist! Wir, die wir geistige Menschen sind, wollen zusammenstehen – in einer Reihe mit Vagabunden und Bettlern, mit Ausgestoßenen und Verbrechern wollen wir kämpfen gegen die Herrschaft der Unkultur! Jeder, der Opfer ist, gehört zu uns! Ob unser Leib Mangel leidet oder unsre Seele, wir müssen zum Kampfe blasen! – Gerechtigkeit und Kultur – das sind die Elemente der Freiheit! – Die Philister der Börse und der Ateliers, zitternd werden sie der Freiheit das Feld räumen, wenn einmal der Geist sich dem Herzen verbündet!

Die Fremdenlegion

Aus: Das große Morden, in Kain, Mai 1914

Mit zwei Milliarden Mark muß jährlich die Henne gefüttert werden, die unter dem Namen »Deutsche Wehrmacht« im bedrohten Vaterlande herumgackert. Jetzt ist sie mit einer Extramilliarde noch fetter aufgeplustert worden und beansprucht infolgedessen fortan noch erheblich mehr Getreidekörner aus den Ackern des deutschen Volkes als bisher. Der Geflügelzüchter Michel ist ein Schafskopf, denn er merkt nicht, daß das meschuggene Huhn ihm nichts als Kuckucksseier in den Stall legt. Eines guten Tages aber wird es ihm schmerzlich fühlbar werden, wenn nämlich der zärtlich gepflegte »bewaffnete Friede« an Überfütterung krepiert, seine Kücken aber auskriechen und sich die mißgestalteten Kreaturen als Krieg, Hunger und Pestilenz über das Land ergießen.

Die Erbpächter der deutschen Ehre und der deutschen Phrase möchten das 43jährige Friedensvieh schon längst zum Platzen bringen. Sie ängstigen deshalb den dummen Michel heute mit diesem, morgen mit jenem Bauern-schreck und heißen ihn zur Abwehr immer größere Mengen seiner schwitzend erarbeiteten Profite in die Armee hineinstopfen. Fehlt bloß noch ein geeigneter Anlaß — und der Krieg gegen den Erbfeind ist fertig. Aber es hat sich herausgestellt, daß es bei den schauderhaften Formen, in denen sich heutzutage ein europäischer Krieg abspielen würde, nicht mehr ganz so leicht ist, die Volksseele zum Kochen zu bringen. Weder die marokkanischen Diplomatenkünste noch die Bemühungen, die Folgen der Balkanwirren friedlich zu überwinden, haben der Schwerindustrie und ihren Hintermännern genützt, den Massenmord in Szene zu setzen. So ein Krieg muß schon aus den Tiefen des europäischen Volksgemüts selbst heraussprudeln.

Aus: Kain, 1914

In diesem Zeitalter raffiniertester technischer Zivilisation gibt es für den Erfindergeist immer noch keine höheren Aufgaben als die Vervollkommnung der kriegerischen Mordinstrumente. Wessen Gewehre und Kanonen am weitesten schießen, am schnellsten laden, am sichersten treffen, der hat den Kranz. Das Scheußliche und Groteske gehen Hand in Hand durchs zwanzigste Jahrhundert und rufen die Völker auf zur Bewunderung der Weltvollkommenheit.

Aus Ascona

Berlin lag mir schon wieder derart im Magen, daß ich ehrlich froh war, als es mir auch im Rücken lag. Jetzt sitze ich fern dieser Lasterhöhle am Lago Maggiore und denke in nicht gerade liebenswürdiger Erinnerung der literarischen Nachtcafes, in denen pomadetriefende impotente »Ästheten« bei Absinth und Opiumzigaretten ihre Georgien[Reminiszenz an Stefan George] feiern; der »Cabarets« (die Franzosen mögen mir die mißbräuchliche Bezeichnung einer schlechten Sache mit einem guten Namen verzeihen), in denen der fettleibigsten Tiergartenbourgeoisie in stilisierten Zoten »Berliner Humor« vorgesetzt wird; der Friedrichstraße, des einzigen Orts Berlins, aus dem ein Dichter Poesie schöpfen kann, sofern es ihn der Mühe nicht verdrießt, der Moral durch die Finger und den Huren, Luden und Strichjungen ins Herz zu sehen; und da ich zu den nicht alle werdenden gehöre, die noch immer auf den Tag hoffen, da die Massen sich ihrer Sklaverei wütend bewußt werden und in gesundem Haß gegen ihre Peiniger ohne Sentimentalität zum eignen Nutzen verfahren, so denke ich auch in stiller Wehmut der liebevollen Fürsorge, mit der Herr von Borries abgerichtete Spürhunde, die auf den Namen Spitzel hören, bewachend hinter mir herlaufen hieß. Berlin! Jeder gute Deutsche muß »seine« Reichshauptstadt gesehen haben, muß aus der »schönsten Stadt der Welt« drei Schock Ansichtskarten an sämtliche Cousinen, Freundinnen und Nachbarinnen gesandt haben, muß einmal die Linden lang, zweimal die Siegesallee hin- und zurück- und dreimal um den Rolandbrunnen herumgegangen sein, muß 2½ Stunden am Lustgarten gestanden haben, um allerhöchsten Augen das frische Taschentuch zu zeigen, das zum patriotischen Hurra in der Luft wedelt. Und muß noch vieles mehr.

Oder fragt einen Deutschen, der in Berlin war, ob er nicht im Reichstagsgebäude Eugen Richters[Führer der Freisinnigen Volkspartei] und Bebels Platz beschnuppert hat; ob er nicht im Apollotheater Linckeschen Gassenhauern gelauscht und in Siegmund Lautenburgs Residenztheater sich an den ins Deutsche verflachten französischen Schweinereien geweidet hat. Fragt ihn, ob ihn nicht ein Autotaxameter an allen Sehenswürdigkeiten vorbeikutschiert hat, und ob er nicht mit derselben Begeisterung Begas' besoffenen Bismarck wie Schlüters großen Kurfürsten, den Menzelsaal in der Nationalgalerie, wie die Kanonenparade im

Zeughaus, Hermann Tietz' Abteilung für Weißwaren und Unterwäsche, wie im neuen Kaiser-Friedrich-Museum den Saal der Gobelins von Raffael betrachtet hat. –

Gott vergebe mir die Sünde, daß ich eine Schrift über Ascona – diesen entzückendsten Fleck Erde, wo von den dunkeln Berggipfeln sehnsüchtige Schönheit sich im grünwelligen See spiegelt – mit einer Kritik meiner teuren Landsleute beginne. Aber tagtäglich, wenn von Locarno hertrottend, eine Kompanie übelster deutscher Reisephilister mit all ihrer Blödheit die herrlichen Gestade des Lago Maggiore entlanggafft, drängt sich mir der Vergleich auf mit den prächtigen Menschen, die hier ihre Heimat haben, mit diesen Grenzitalienern mit den dunkeln offenen Augen und der frohen Lebensselbstverständlichkeit, ein Vergleich aber auch mit den paar Ausnahmsdeutschen, die hier ihr absonderliches Leben fristen und derentwegen ich dieses weiße Papier mit Tinte schwarz färbe ... Wenn etwas typisch ist für den Charakter einer Bevölkerung, so ist es ihre Arbeiterbewegung; und wer als vorwärtsdrängender Kritiker das kennengelernt hat, was in Deutschland unter dem Namen Arbeiter-»bewegung« stagniert, dessen Laune müßte eitel Zuckerwerk sein, wollte er dem deutschen Volkscharakter gegenüber liebenswürdig bleiben.

Ich für meine Person habe zu lange im Kampfe für die Befreiung der Arbeiterschaft und für den Sozialismus dem feindlich gegenübergestanden, was in Deutschland Arbeiterbewegung heißt, um dem Charakter der großen Volksmasse in Deutschland, der ganz und gar dem Charakter des Besitzmobs entspricht, die geringste Sympathie entgegenbringen zu können. Und wenn ich angesichts des wahlbeflissenen Proletariats, das das Seinige getan zu haben wähnt, wenn es 3.000.000 sozialdemokratische Stimmen ins behördlich sanktionierte Cioset zerrt, nicht lache, bis ich mir den Bauch halte, wie es einige kluge Individualisten tun, sondern mit Zornesworten weiterkämpfe für die Arbeiter – und gegen ihre Führer, so mag das wohl das Rudiment eines atavistischen Nationalbewußtseins sein, das mich selbst für die Deutschen noch auf die Stunde revolutionärer Selbsterkenntnis hoffen läßt ...

... An dieser Stelle mag die Wiedergabe eines Liedes am Platze sein, das mir jüngst in einer verbrecherischen Stunde entfuhr und das den

Vegetarier als Sammelbegriff vielleicht besser illustriert als eine weitschweifige Charakteristik.

Der Gesang der Vegetarier

Ein alkoholfreies Trinklied

(Melodie Immer langsam voran)

Wir essen Salat, ja wir essen Salat
Und essen Gemüse früh und spat.
Auch Früchte gehören zu unsrer Diät.
Was sonst noch wächst, wird alles verschmäht.
Wir essen Salat, ja wir essen Salat
Und essen Gemüse früh und spat.

Wir sonnen den Leib, ja wir sonnen den Leib,
Das ist unser einziger Zeitvertreib.
Doch manchmal spaddeln wir auch im Teich,
Das kräftigt den Körper und wäscht ihn zugleich
Wir sonnen den Leib und wir baden den Leib,
Das ist unser einziger Zeitvertreib.

Wir hassen das Fleisch, ja wir hassen das Fleisch
Und die Milch und die Eier und lieben keusch.
Die Leichenfresser sind dumm und roh,
Das Schweinevieh – das ist ebenso.
Wir hassen das Fleisch, ja wir hassen das Fleisch
Und die Milch und die Eier und lieben keusch.

Wir trinken keinen Sprit, nein wir trinken keinen Sprit,
Denn der wirkt verderblich auf das Gemüt.
Gemüse und Früchte sind flüssig genug,
Drum trinken wir nichts und sind doch sehr klug,
Wir trinken keinen Sprit, nein wir trinken keinen Sprit,
Denn der wirkt verderblich auf das Gemüt.

Wir rauchen nicht Taback, nein wir rauchen nicht Taback,
Das tut das scheußliche Sündenpack.
Wir setzen uns lieber auf das Gesäß
Und leben gesund und naturgemäß.
Wir rauchen nicht Taback, nein wir rauchen nicht Taback,
Das tut nur das scheußliche Sündenpack.

Wir essen Salat, ja wir essen Salat
Und essen Gemüse früh und spat.
Und schimpft ihr den Vegetarier einen Tropf,
So schmeißen wir euch eine Walnuß an den Kopf.
Wir essen Salat, ja wir essen Salat
Und essen Gemüse früh und spat.

... Wie ein wandelnder Protest gegen die alkoholenthaltsame Tugendboldigkeit der Vegetarier spukt die Gestalt eines Mannes durch Ascona, der meist ein wenig wankend, mit unermüdlicher Geschäftigkeit von Kneipe zu Kneipe trabt. Es ist ein baltischer Baron, ein Hüne von Figur, dem sich die Merkmale des Gewohnheitstrinkers allmählich um Nase und Beine zeichnen. Dieser Mann verdient, grade weil er in die vegetarische Umgebung paßt, wie ein Kunstwerk in den Berliner Tiergarten, eine ausführliche Betrachtung. Denn eine solche, wie von einem andern Planeten hergeschneite Persönlichkeit verlockt zu so viel Vergleichen mit den Sonderlingen, die hier Durchschnittsdeutsche sind, daß ich mir die Unterlassung einer Gegenüberstellung nicht würde verzeihen können.

Baron Alexander v. R.-L. ist stocktaub und versteht das, was man ihm zu sagen hat, nur, wenn man es ihm mit einiger Kraftentfaltung ins Ohr brüllt. Um so komischer mutet das »hör'n Se« an, das er seiner von unverfälscht kurländischem Dialekt gefärbten Rede nach jedem dritten Wort einschaltet.

Er hat eine bewegte Vergangenheit hinter sich. Jüngst gab er mir eine kleine, mit viel Humor geschriebene Skizze zu lesen, in der er seine tollen Kindheitsstreiche erzählt. Danach muß die Lust zu Abenteuern schon in seiner frühesten Jugend in ihm gelegen haben. Als das verwöhnte, nur manchmal wegen seiner gar zu wüsten Streiche verhauene Kind einer deutschrussischen Adelsfamilie wuchs er auf. Sein Hang zu Abenteuern ließ ihn Seemann werden. Er diente vom Schiffsjungen auf, wurde Matrose und befuhr von Riga aus die Ostseehäfen. Ich glaube, bis England kam er auf seinen Reisen. In dieser Zeit wurde er schwerhörig und mußte deswegen den Seemannsrock an den Nagel hängen. Jetzt wurde er Goldwäscher im Ural, in der Hoffnung, hierbei große Reichtümer zu erjagen. Diese Hoffnung betrog ihn, und jetzt sumpft er, hergelockt durch seinen vegetarischen Bruder, der hier auf seiner eigenen Scholle nach allen Regeln naturgemäßer Enthaltsamkeit lebt, in Ascona herum. Er ist jetzt 38 Jahre alt – ob's ihn hier lange, ob's ihn gar für immer hier halten wird? Ich kann's so wenig wissen wie er selbst oder sonst jemand. Wie er zum Trinker geworden ist, läßt sich mit Sicherheit natürlich nicht nachweisen. Ich denke mir, daß ihm die Liebe zum Spiritus als echtem Kurländer schon im Blut liegt, in seiner Matrosenzeit konnte er ihr ungezügelt folgen, und als dann die Taubheit dazukam, war es nur selbstverständlich, daß ihm der Alkohol vernehmlicher Trost zusprechen konnte als die Menschen, die um ihn waren. Er ist aber gleichzeitig auch ein Opfer seiner beschränkten materiellen Verhältnisse. Sein Vater hielt ihn sehr knapp, 80 Rubel monatlich — das sind wenig über 200 Franken — ist herzlich wenig für einen Menschen mit solchen Bedürfnissen, wie sie R.s Herkunft und Erziehung großgezogen haben. Sich nach der Decke zu strecken ist seine Sache so wenig wie die jedes andern, der das Gehäuse landläufiger Lebensgewohnheiten gesprengt hat. So konnte er Schulden nicht vermeiden, über deren Bedrückung ihm nur die intensive Beschäftigung mit der Weinflasche hinwegzuhelfen vermochte. Natürlich bewirkte aber die hierdurch hervorgerufene Steigerung der Ausgaben eine ständige Erhöhung der Schulden, und die Rechnung potenzierte sich zum circulus viciosus. Daß den lammfrommen Vegetariern solche Überlegungen nicht aufkommen, wenn sie denn feuchtfröhlichen Baron begegnen, versteht sich von selbst. In tiefster Seele mit dein eigenen Lebenswandel zufrieden, dankerfüllt gegen ihr Schicksal, weil es sie an den Klippen solcher Verworfenheit gnädig vorbeigesteuert hat, schlagen sie die wasserblauen Augen zum Firmamente auf und strafen den Knecht des Alkohols mit Blicken abgründigster Verachtung. Es gibt ja auch nichts Erhebenderes, als die eigenen Vorzüge an den Schwächen eines Mitmenschen zu messen. R. seinerseits, der zu den bestgearteten Charakteren gehört, die ich je angetroffen habe, ist gegen die Vegetarier von einem unbegrenzten Haß beseelt, der jedoch durch die alberne Verächtlichkeit, mit der er von ihnen betrachtet wird, nicht hervorgerufen ist, sondern nur verstärkt wird. Auch ist der Grund nicht etwa seine Intoleranz gegen das Temperenzlertum der Vegetarier. Das erscheint ihm einfach verrückt, mindestens total absurd. – »Wenn man nicht säuft«, fragte er mich einmal, »was soll man denn noch?« – Die Ursache seiner ingrimmigen Gesinnung ist vielmehr eine unendlich rührende. Er kann es den Vegetariern nicht verzeihen, daß sie seinem Bruder, von denn er ungeheure Stücke hält, ihre Ideen aufoktroyiert haben. Zum besseren

Verständnis dieses Gefühls muß man sich vergegenwärtigen, wie stark Menschen von aristokratischer Abkunft das Familienehrgefühl im Blut sitzt. Sich selbst hält R. zur würdigen Repräsentation seines Namens verloren, deshalb möchte er seinen Bruder allen Glanz ausstrahlen sehen, der von dem Adelswappen der Familie ausgeht. Jetzt sieht er aber diesen Bruder, den er über alles liebt und verehrt, in einer Lebensweise aufgehen, die ihm über alle Maßen verächtlich erscheint. Daher sein tiefer Haß gegen die, die er der Verführung seines Bruders bezichtigt. Als er von mir erfuhr, daß ich diese Broschüre schreiben wolle, bat er mich, ich solle den Vegetariern »feste auf die Kapuze hauen«, aber seinem Bruder möchte ich nicht zu nahe treten: »Das ist ein guter Mensch. – Von mir können Sie ja schreiben, daß ich ein altes versoffenes Luder bin.«

Seine Leistungsfähigkeit im Trinken ist ungeheuerlich, und sie ist in letzter Zeit noch dadurch gesteigert, daß er sich in eine fesche Italienerfrau unglücklich verliebt hat. »Sie ist mir ins Herz gekrochen«, erzählte er, »und hat mir den Kurbel verdreht.« Schon morgens, wenn er mich trifft, sind seine ersten Worte: »Hören Sie, liebes, gutes Herr Mühsamchen, kommen Sie schmoren, hör'n Se!« und seine Freude ist riesengroß, wenn man mal mit ihm »schmoren« geht.

Seine Konstitution ist von einer fabelhaften Widerstandskraft. Es kommt vor, daß er manchmal tagelang nicht das Geringste ißt, dazwischen aber ganz unglaubliche Mengen Alkohol vertilgt. Trifft man ihn dann nach so einer vier- bis fünftägigen Fastenzeit, so sieht er aus, als ob er eben einen ganzen Ochsen verzehrt habe. Ob die schmachtlappigen, immer nur um ihr bißchen Leiblichkeit angstvoll besorgten Vegetarier, die bei der geringsten Unregelmäßigkeit in der Magenversorgung umkippen, wirklich Grund haben, angesichts der imponierenden Vitalität dieses Riesen, mit ihrer naturgemäßen Überlegenheit aufzutrumpfen, möchte ich mindestens doch sehr in Frage stellen. Ich für meine Person blicke die kolossale Kraft, die eine Lebensweise, wie sie R. übt, voraussetzt, viel eher mit Hochachtung als mit Geringschätzung an, während ich nicht behaupten kann, daß mir die Art, wie die Vegetarier sich zu Sklaven ihres Verdauungsapparates machen, den geringsten Respekt abnötigt.

Jedenfalls gehört für mich dieser Mann mit seinem gesunden und natürlichen Menschenverstand und mit dem tiefen echten Leid hinter

der roten Nase zu den sympathischsten Persönlichkeiten und
angenehmsten Gesellschaftern, die ich in Ascona gefunden habe. Das
will ich den männlichen und weiblichen Tugendjungfern gegenüber,
die sich mit so gewaltigem sittlichem Aufwand über ihn entrüsten,
doch ausdrücklich betonen.

Aus: Ein Mann des Volkes

Geschrieben in der Festung Niederschönenfeld, 1921

Romanmanuskript

Jakob Bröschke lebt noch. Er ist ein rüstiger Mann in den Sechzigern, trägt einen hellgrauen Filzhut und einen Spazierstock mit silbernem Knopf, helle Hosen, die unter dem langen Lodenmantel gravitätisch wuchtende Beine zum Vorschein kommen lassen, und braune Schnürstiefel. Ohne so solide Umhüllung möchten die untersetzte Gestalt, der breite, nach oben zugespitzte Kopf auf dem dicken, roten Hals, der eines Furunkelpflasters wegen immer ein wenig zur Seite geneigt ist, das gedunsene Gesicht mit dem grauen Vollbart und den in feuchtem Blau schwimmenden Spaltäugelchen kaum so beachtlich scheinen, daß Bürger und Kinder Jakob Bröschke, sobald er nur sein Haus verläßt, mit der scheuen Achtung grüßen sollten, wie sie nur offiziell besiegelter Wert begründet. Auch daß Jakob Bröschke eine bedeutende, purpurn und blau funkelnde Glatze hat, ist trotz seiner Straßenkleidung zu beobachten. Denn kein Gruß eines Passanten bleibt unerwidert. Welchen, beziehungsweise einen wie großen Teil der Glatze Jakob Bröschke beim Zurückgrüßen sichtbar werden läßt, hängt natürlich von der Person dessen ab, der ihm die Ehre erweist.

Handelt es sich um einen Nachbarn, etwa den Zigarrenhändler Wirrgarn, der als kaum Interessierter an den großen Streitfragen der Gegenwart – er beteiligt sich überflüssigerweise an den Kirchenratswahlen und soll sonst dem Nationalliberalen seine Stimme geben – Bröschke einerseits als Kunden in Pfälzer Zigarren und Grobschnitt-Tabak »Wanderlust« Höflichkeit bezeigen muß, andererseits auch aus Selbsterziehung einem angesehenen Mann, dessen Verdienste um das allgemeine Wohl, sei er immer auch ein Sozialdemokrat, niemand bestreiten kann, die freiwillige Reverenz nimmermehr versagen würde – handelt es sich also um Herrn Wirrgarn oder Herrn Magistratssekretär Stolterbeen, so entblößt Bröschke durchaus den Kopf, ja, es ist ihm nicht zuviel, den Hut mit einer leichten Schwenkung schräg nach oben so weit von der Glatze zu entfernen, daß er ihn beinahe im gestreckten Arm hält — hingegen bleibt seine Miene bei solchem Gruße unbewegt, der Blick schwimmt am andern vorbei in grader Richtung vorwärts, Bröschkes Seele scheint unberührt von der Begegnung. Von dem Gruß nimmt er zwar in entgegenkommendster Form acht, nicht aber von dem Grüßenden.

Anders, wenn ein Parteifreund des Weges kommt, beispielsweise der junge Rudolf Tesenfitz, der neue Redakteur, der sich so gut anläßt; da entsteht nicht halb soviel Zwischenraum zwischen Hut und Glatze — und doch, welch ein Unterschied! Was immer an Herzlichkeit in Bröschkes Züge geraten kann, wendet sich dem Bevorzugten zu. Die Äuglein zwinkern, der Schnurrbart schwabbt mit ihnen im Takt, und ein Vorderzahn des Oberkiefers wird über der gesprungenen Unterlippe sichtbar. Die Hand aber spreizt sich, bis sie die Hutkrempe erreicht hat, schüttelnd und winkend in die Höhe, so daß ihre beträchtliche Breite und der goldne Trauring am vierten Finger erkennbar wird.

Noch kameradschaftlicher grüßt Bröschke den zweiten Bürgermeister, seinen Genossen Peter Schmirl. Da sieht man gleich, daß es alte Freunde, gute Kampfkumpane sind – nun ja, sie sind ja auch fast im gleichen Alter –, und da bleibt Bröschkes Glatze bedeckt, und nur ihre Ränder deuten sich – bald links, bald rechts an. Denn er rüttelt zum Gruße am Hut, während sein Hals sich ganz zur Seite legt, über der Lippe gar zwei Zähne sichtbar werden, die gerötete Knopfnase zuckt und schnüffelt und der Gurgel ein röchelnder Laut entfährt, der, wenn die Freunde zum Händedruck stehnbleiben, zu einem jovialen Ausruf anwächst, wenn sie in Eile aneinander vorüberhasten, in einem verschluckten Gelächter untergeht. Hat Jakob Bröschke dem Gruß eines weiblichen Wesens zu danken, so gibt es auch da Unterscheidungen mancher Art. Es versteht sich, daß Frau Domnick, die daheim seiner Adele als Zugeherin behilflich ist, keinen Anspruch auf ein so respektvolles Hutlüften hat, wie es etwa der Gattin des Töpfermeisters Diestel, des Hausbesitzers nebenan, zukommt. Dennoch zieht Bröschke auch vor Frau Domnick den Hut, da sie nie unterläßt, vor ihm einen Knicks zu versuchen, und ebenso hält er es mit Frieda, dem eigenen Dienstmädchen.

Arbeitern und Arbeiterinnen – diese Lehre haben die Seinigen oft von ihm vernommen – kann man nicht höflich genug begegnen. Und es ist wahr: Wird Bröschke von einem Arbeitsmann gegrüßt, der grade von der Werkstatt kommt oder auf dem Wege dorthin ist, so nimmt sein Gesicht einen sehr ernsthaften Ausdruck an, und während er den Hut langsam schräg aufwärts vom Kopf wegbewegt, bis der Arm ungefähr gestreckt ist, neigt er zugleich unter Schonung des Furunkels den Hals, so daß die Bartspitze beinah den Knopf des Umlegekragens berührt. Leider sind jedoch die guten Manieren unter den Arbeitern seit geraumer Zeit stark zurückgegangen. Die Hetzereien der Linksradikalen haben die früher so dankbaren und gesitteten Leute vielfach geradezu zu Pöbel gemacht. Es gibt sogar einzelne, die dem verdienten Führer frech ins Gesicht sehn, ohne ihn eines Grußes zu würdigen. Der Schlosser Winckelmann von der Maschinenbaugesellschaft hat es direkt darauf abgesehen, zu provozieren. Kommt er auf dem gleichen Fußsteig Bröschke entgegen – der Kerl denkt nicht nur an kein Hutziehn, er weicht nicht einmal aus, sondern zwingt den alten Volksmann, vor seinem schlenkernden und breit ausladenden Gang zur Seite zu gehn, und Bröschke hat dabei manchmal deutlich bemerkt, daß Winckelmann – ein Mensch von höchstens 35 Jahren – dabei ganz ungeniert gegrinst hat. Jakob Bröschke verzichtet gern auf den Gruß dieses Verblendeten. Er weiß sich der Hochschätzung des besten Teils des Volkes sicher. Ja, bis in die allerersten Kreise hinein steht seine gediegene Persönlichkeit in vorteilhaftestem Ansehn. Er steht auf Grüßfuß mit dem Herrn Staatspräsidenten, mit allen Parlamentariern, mit Ministern und höchsten Beamten, mit der führenden Geistlichkeit und der Militäraristokratie. Ja, man muß sehn, wie die Gattinnen der repräsentativen Männer im Staate seinen Gruß erwidern, um zu wissen, daß Bröschke in der Tat ein Faktor seiner Zeit ist. Solche Persönlichkeiten grüßt er selbstverständlich zuerst. Langsam greift er zum Hut, und während er ihn in diesem Falle im Bogen schräg abwärts zieht, so daß der Arm nahezu gestreckt erscheint, stockt sein Schritt, um dem Körper Platz zu schaffen, sich vom Bauch aufwärts in seitlicher Verkrümmung zu verbeugen. Auch bei dieser Prozedur treten die beiden Vorderzähne hervor, jedoch nicht als Wahrzeichen der Leutseligkeit, sondern als Zeugen ungemeiner Aufregung und Anstrengung ... Am 14. Juli 1918 beging Jakob Bröschke seinen sechzigsten Geburtstag. Es war ein schönes Fest. Frau Adele hatte es ja nicht leicht gehabt. So robust ihr Körper bei all seiner Knochigkeit gebaut war – schließlich war sie; doch nur vier Jahre jünger als der Gatte, und das tagelange Auf und Ab und Hin und Her, das Umwerkeln in den Zimmern, das Herrichten behaglicher Unterkunft für Kinder und Enkelkinder, das Anordnen jeder Kleinigkeit — denn was nützte alles Schreien und Kommandieren mit Frau Domnick und Frieda, dem Hausmädchen: wo sie nicht selbst Hand anlegte, war's ja doch nicht das richtige, und wenn auch Käte schon seit zwei Tagen da war, eine verheiratete Tochter will als Gast behandelt werden, und ihr bißchen Hilfe wiegt die Mehrarbeit nicht auf, die sie für Mann und Kind und die eignen Bedürfnisse beansprucht –; kurz und gut, die Vorbereitungen zu dem großen Tage, über denen doch die Mahlzeiten und die regelmäßigen Anforderungen des Haushalts nicht vernachlässigt werden durften, hatten auch ihrer gesunden Konstitution gehörig zugesetzt.

Als sie am Vorabend glücklich um halb zwölf Uhr mit brennender Kerze ins Schlafzimmer getreten war – Jakob hatte sich schon, um morgen bei Kräften zu sein, um neun in die Federn gewälzt; Käte und Eugen hatten sich eine Stunde danach in die zur Familienwohnstätte umgebaute gute Stube zurückgezogen, und Frieda turnte grade laut gähnend zu ihrer Dachkammer hinauf –, da warf Adele mit einer Bewegung, die alle Gelenke knacken ließ, das Hauskleid über den Kopf und auf einen Stuhl, löste mit zwei Griffen die graumelierte Frisur auf, deren stärkeren, braunen Teil sie im Schubfach der Spiegeltoilette verwahrte, lockerte ein paar Bänder, Haken und Nadeln, was ihr gestattete, Beinkleid und Unterröcke gleichzeitig fallen zu lassen und mit raschem Zufassen zugleich mit den Hausschuhen abzustreifen, riß das Mieder resolut über die dürren, sehnigen Arme und setzte sich dann, nur noch mit dem kurzen, ärmellosen, um Hals und Nacken halbrund ausgeschnittenen Hemd und mit schokoladebraunen gestrickten Strümpfen, die über den Knien von Gummizugbändern umschlossen waren, bekleidet, auf den Rand ihres schon hochgeschlagenen Bettes. Jetzt erst nahm sie sich die Muße, die Glieder gründlich zu recken. Die langen roten Hände schlossen sich, und die Arme stießen mit leichter Drehung nach außen vor, so daß über den Ellenbogen eine tiefe eckige Einbuchtung entstand, während zugleich ein aus den Eingeweiden vorgeholter prustender Ton aus Adeles Mund pfiff. Hierauf bückte sie sich und rieb mit beiden Händen vom Knie bis zur Fessel an beiden Beinen entlang, ehe sie sich zu den weiteren Maßnahmen zum Schlafengehen entschloß.

Langsam entfernte sie die Ohrringe aus den Läppchen und legte sie auf den Nachttisch; dann griff sie sich mit Daumen und Zeigefinger der linken Hand in den Mund und entnahm ihm die sechs mittleren Zähne der oberen Reihe, die ihren Platz im Nachtkästchenschubfach fanden. Ein Blick aufs Nachbarbett überzeugte sie, daß die sichtbaren

Merkmale tiefen Schlummers mit den hörbaren, die der Gatte von sich gab, übereinstimmten; so nahm sie aus der Schublade einen Schlüssel, öffnete damit den Kleiderschrank und legte für sich selbst das violette Besuchskleid heraus, während sie vorsichtig wie bei einer Diebestat den neuen Schlafrock vom Haken löste, der ihre Überraschung zu Jakobs Geburtstag sein sollte. So leise wie möglich und unter wiederholtem ängstlichem Umschauen nach dem Schnarchenden schloß sie den Schrank wieder ab, dekorierte einen Stuhl am Fußende der Betten mit dem Geschenk und wandte sich nun mit Entschiedenheit den letzten Anordnungen ihrer Nachtgarderobe zu. Drei Finger unter das Strumpfband gespreizt, ließen sich die Beine rasch entkleiden, und während eine Hand bereits unter dem aufgestülpten Deckbett Nachthemd und -jacke herauszog, hatte die andre schon das leichte Hemd über der Schulter aufgeknöpft, so daß es nun haltlos den Leib hinab auf die bloßen Füße rutschte, die ihm sogleich entstiegen. Bis sie die Glocke des Nachthemds geöffnet hatte, um mit Kopf und Armen darin zu versinken, stand Frau Adele Bröschke in herber Nacktheit in ihrem ehelichen Schlafgemach. Ob die Gemahlin des Volksmannes aus ihren Mädchenjahren noch oder aus der Zeit jener Frühwochen gattlicher Gemeinschaft, da die Sorge, für den Herzliebsten schön genug zu sein, keinen wichtigeren Gedanken zuließ, die Gewohnheit abzulegen vergessen hatte, oder ob die weibliche Natur allgemein und unbekümmert um Lebensalter und Vergänglichkeit von Reiz und Sinnenlust den Hang zum Selbstgefallen in sich birgt – gleichviel: die gänzlich entkleidete Frau benutzte die kurze Spanne Zeit zwischen dem Wechseln von Tag- und Nachthemd, um mit einer kurzen Wendung des Nackens die eigene Figur in dem von flackerndem Kerzenlicht hinlänglich beleuchteten Spiegel zu überschauen.

Mochte die Geste immer mechanischer Angewohnheit entstammen, gewiß ist, daß es kein gedanken- und interesseloser Blick war, den Adele auf ihren doch schon großmütterlichen Akt fallen ließ. Denn ihr erstes war, daß sie mit den Fingern ins Haar fuhr und die dünnen grauen Strähnen mit zausender Gebärde über einen kahlen Spalt schichtete, der von der Stirn zum Scheitel klaffte. Und auch dann noch schweiften ihre grauen Augen verräterisch lange an der spitzen Nase über den Wulstmund mit dem überhängenden Oberkiefer, das lange Kinn und den dürren Hals hinweg, vorbei an den schmalen hohen Schultern, aus deren Knorpeln die blauroten Arme allzulang herabhingen, und am Leibe selbst dahin, dessen flache Eingedrücktheit nur von den von sichtbaren Rippen getrennten, wie leere Papiertüten herabhängenden Busenresten unterbrochen, sich unterhalb des Nabels noch einmal wölbte, die Hüftknochen weit herausragen ließ und da, wo die mageren Schenkel sich gabelten, hohl einfiel, bis endlich zu den wappenschildförmigen, eingedrückten Knien, von denen aus die behaarten Beine in die schwarze Schattenfläche des Spiegels unsichtbar versanken. Einen Augenblick hängte Frau Bröschke ihre langen Wimpern über die Augen, dann gab sie sich einen Ruck, schlüpfte ins Hemd, das den ganzen Körper verhüllte und nur die platten breiten Füße mit den gekrümmten Zehen und ihren dunkeln Nagelrändern frei ließ. Der Oberleib wurde überdies noch in die blaugestreifte Nachtjacke geknöpft, und mit einem Schwung saß Adele im Bett, zog die Decke über die in spitzem Winkel hochgestellten Knie, schleuderte die Füße geradeaus von sich weg, wobei sie den Rand der Bettdecke unter das Kinn klemmte, und lag langgestreckt, den müden Leib wohlig den Kissen hingegeben, nach vollbrachtem Tagewerk an der Seite Jakob Bröschkes.

Das Licht ließ sie weiterbrennen. Denn, so abgerackert sie war, sie wollte wach bleiben, bis die Mitternachtsstunde und mit ihr der Festtag da wäre. Zur Entgegennahme ihres Glückwunschkusses, so hatte sie es sich vorgenommen, sollte Jakob eine Minute lang den Nachtschlummer unterbrechen. Dann wollte auch sie sich bis zum Anbruch des Tages der zufriedenen Ruhe des Schlafes hingeben.

Mit halbgeschlossenen Augen döselte sie vor sich hin. Die kleinen Episoden des abgeschlossenen Tages liefen wie die Hundertmetersteine an der Landstraße an ihrem Gedächtnis vorbei. Da war morgens beim Einholen gleich der Ärger gewesen, daß sie nirgends Hefe für den Kuchen auftreiben konnte. Wie besorgt sie um alles gewesen war: Mehl hatte sie seit langem zusammengespart für den Riesenkuchen am Ehrentage, Zucker war dank der Opferwilligkeit ihrer Bekannten, bei denen sie seit Wochen herum gebettelt hatte, und die alle ein viertel Anteil hergegeben hatten, auch da; Eier hatte sie von der letzten Hamsterfahrt genügend mitbringen können, und ihrer Krämerin Frau Reiser war es sogar gelungen, Rosinen zu beschaffen. Selbst ein wenig Milch konnte in den Teig gerührt werden – die Frau eines armen Parteigenossen hatte ihr die Tagesration ihres Kindes gegen fünf Pfund Brotmarken und ein

Päckchen Haferflocken abgetreten –, die Gäste sollten einen Stollen und einen Gugelhopf vorgesetzt kriegen wie in Friedenszeiten. Und da hatte sie nicht gleich daran gedacht, für Hefe vorzusorgen! Wer hätte aber auch vermuten sollen, daß sogar so etwas ausgehen könnte! Die Reiser hatte die Hände unter die Schürze gesenkt und die Schultern bewegt; bei Frau Unglaub im Delikateßgeschäft war's ihr nicht besser gegangen, nicht einmal Bäcker Friedeil wußte Rat. Es war wirklich eine verzweifelte Geschichte. Adele wollte schon zu Frau Töpfermeister Diestel hinaufgehn, ob sie nicht aushelfen könnte, aber das tat sie ungern, sie hätte sich auch erst ein wenig anziehn müssen, und ob sie die Hefe dort bekommen hätte, war nicht einmal sicher. Jedenfalls ging sie erst mal zum Zigarrenhändler Wirrgarn; da ließ sie ein schönes Stück Geld: gute Zigarren – und den Besuchern an solchem Tag konnte man doch keinen Ausschuß vorsetzen – kosteten 65 Pfennig das Stück; — dreißig Stück mußte sie mindestens rechnen das waren schon fast zwanzig Mark. Und dann noch die Zigaretten! — Eugen Riemann, der Schwiegersohn rauchte ja bloß Zigaretten – überhaupt der mit seinen feinen Passionen! –, ein paarmal eingesogen, und dann den Rest in den Aschbecher, das war ja nicht zum Gutmachen. Fünfzig Stück mußte sie schon kaufen — und zwölf Pfennige jede! — Aber wie der Zufall manchmal spielt! Wie sie Herrn Wirrgarn das Geld hinzählt und ihm dabei ihr Leid klagt wegen der Hefe, meint er: »Warten Sie mal, Frau Bröschke!«, geht ans Haustelefon und ruft zu seiner Frau hinauf: »Mausi! Hast du nicht ein Stück Hefe für den Kuchen zu Herrn Bröschke seinem sechzigsten Geburtstag?« – und nach zwei Minuten kommt auch schon der kleine Alfred damit in den Laden heruntergesprungen! Das war mal wieder gut gegangen. Nachher in der Küche der Aufruhr, daß sie kaum wußte, wie sie sich am Herd bewegen sollte. Das war sonst ihr Reich, wo sie ungestört allein waltete. Frieda hatte nur das Gröbste zu machen, Kartoffel schälen oder Rüben schaben –, für alles andre sorgte Adele selbst, und das Mädchen konnte indessen im Gang oder in den Stuben aufwischen, die Fenster putzen oder sonst nötige Hausarbeit verrichten. Heute aber — Herrgott! Käte mußte ihr auch in jeden Topf kucken, und dabei immer noch das Getue um ihren Eugen! In der Suppe hatte er gern viel Zwiebeln, und die Sauce für die Kartoffelklöße durfte nicht zu mehlig sein – und was noch alles. Na ja, es war ja recht, daß er sie noch geheiratet hatte, wenn er sie auch lange genug drauf hatte warten lassen; Elly hätte wahrhaftig nicht erst vier Jahre alt zu werden brauchen dazu! – Immerhin gut, daß es noch so gekommen war und daß Käte nach den drei Jahren ihrer Ehe in ihrem Mann noch ebenso den Heiligen sah wie zu Anfang. Schließlich hätte er ja wohl wirklich vor dem Krieg die Tochter des Sozialdemokraten nicht heiraten können, wollte er nicht seine ganze Beamtenkarriere aufs Spiel setzen. Bloß, so ein Wesen brauchte sie auch nicht davon zu machen, daß Riemann nun zum Obersekretär befördert worden war und das »Ferdinandskreuz für Verdienste in der Heimat« bekommen hatte. Nein, es war nicht schön gewesen heute beim Kochen! Eugen vorn und Eugen hinten! Und dazwischen das Geplapper und Gerenne der Kleinen! Allerliebst war ja das Kind geworden, seit sie von Papa anerkannt und bei den eigenen Eltern war. Ein richtiger kleiner Racker war sie, die Elly. Was sie nur alles zu erzählen wußte von den Puppen und von der Schule und wie komisch die Lehrerin aussieht — und vor allem vom Baby, von Hans, dem Brüderchen! Gott sei Dank, daß Käte das Wurm nicht auch noch mitgebracht hatte! So lieb sie ihr Enkelchen hatte – bei dem Trubel jetzt ein anderthalbjähriges Kind im Hause, das wäre ein Geschäft! Ein bißchen leid hatte ihr das arme Ellychen ja auch getan. Wie sie gebettelt hat, daß sie morgen auch dabeisein dürfte, wenn all die vielen Leute zu Großpappi zum Gratulieren kämen! Na, das ging ja nun mal nicht. Das siebenjährige Mädchen - und wo jeder wüßte, daß Kate erst während des Krieges geheiratet hat. Das Kind hatte sich ja schließlich auch getröstet und der Großmutter sogar heimlich hinten das Schürzenband aufgeknotet, als die grade die Klöße übergoß. Da hätte leicht die Hälfte danebengehen können. Aber daß Kate der Kleinen dafür einen Klaps geben wollte, hatte Großmama doch nicht geduldet.

Nach Tisch hatten sie und Kate den Männern beim Kaffee Gesellschaft leisten müssen, während es soviel zu tun gab. Und was ging sie das Gespräch viel an! Um nichts als um Krieg und Politik drehte sich's. Wie die Männer sich nur so streiten mochten um Nebensächlichkeiten, die es doch schließlich waren. In der Hauptsache waren sie ja vollkommen einig, daß jetzt bei den großen Siegen an der Westfront und bei den kolossalen Erfolgen des U-Bootkriegs der Friede ganz bestimmt bald dasein müsse. Das wäre wohl gewiß ein Segen vom Himmel. Bald vier Jahre jetzt das Gemetzel und dabei die Teuerung und die Not bei den armen Leuten, und man selbst konnte auch das Nötigste nicht mehr kriegen, und dann die gräßliche Aufpasserei mit den Marken und das Gelaufe wegen jedem Dreck und das Anstehn! Ob da der Schwiegersohn am Ende recht behielte, daß der Friede von Hindenburg diktiert werden müsse, oder Jakob, daß es nur ein demokratischer Friede sein dürfe und daß nachher das Volk überall selbst mitreden solle – das wollte sie nur ruhig abwarten, ihr würde jeder Friede willkommen sein. Schade, daß Anton noch nicht dabeisein konnte. Der hätte wohl auch seine eigne Meinung zu der Sache gehabt. Aber seit der bei der Kunsthonigstelle war, war ja seine Zeit ganz schrecklich in Anspruch genommen. Gott sei Dank, daß Vater ihn wenigstens hatte unterbringen können, wo er unabkömmlich war. Und mit dem Nachtzug würde er ja kommen – jetzt saß er schon auf der Bahn –, und das Frühstück würde ihm warm gestellt.

Ja, die beiden ältesten Kinder würden zu Vaters Ehrentag zu Hause sein – nur Theodor, der Jüngste, ihr Liebling, durfte nicht kommen. Jakob hätte doch um Urlaub für ihn eingeben sollen. Mein Gott, wegen der dummen Politik verstößt man doch nicht sein leiblich Kind aus dem Elternhause! Gewiß, es mochte ja nicht recht gewesen sein von dem Jungen, daß er zu den Unabhängigen übergetreten war. Aber so wie Vater darüber urteilte, daß er sein Vaterland in der Stunde der Not im Stich ließe, brauchte man es doch auch nicht aufzufassen. Er meinte gewiß selbst, daß er recht tat und daß auf seine Weise der Krieg am schnellsten aus sein würde – und mit einundzwanzig Jahren ging eben das Gefühl leicht noch mit einem durch. Da fühlte sie als Mutter denn doch besser mit, wenn sie es natürlich auch nicht billigen konnte, und vor allem hätte sich Theo nicht gegen den Vater auflehnen dürfen, der noch dazu in seiner politischen Stellung Unannehmlichkeiten von der Querköpfigkeit des Bengels haben konnte. Wenn sie ihn nun bloß nicht an die Front schicken wollten! Bis jetzt war es Jakob da immer noch geglückt, dem Jüngsten zu helfen, daß er in der Etappe verwendet wurde – und auch da hatte er sich das Eiserne Kreuz erworben! –, aber jetzt, wo er aus der Partei ausgetreten und offen zu den Unabhängigen gegangen war, da würde man ihn schnell genug in den Schützengraben holen, und Vater hatte erklärt – und diesmal war es sein Ernst –, daß er für diesen Sohn keinen Finger mehr rühren würde. Die Angst jetzt um den Jungen zu allem übrigen – wenn es ihr nur gelänge, Jakob da umzustimmen! Ihn kostete es ja nur ein Wort, daß man Theo an keinen gefährlichen Posten stellte. Und so ein guter Mensch, wie Theodor immer war! Schon als kleiner Hosenmatz – von jedem Stück

Schokolade hat er Mami abbeißen lassen; Anton war viel selbstsüchtiger gewesen. Und so nett, wie Theo als Kind spielen konnte! Da saß er in der Mitte des Korridors und hatte die Schienen seiner hölzernen Eisenbahn rund um sich herumgelegt, und dann zog er die Lokomotive auf, und der Zug fuhr herum, immer herum – summ – summ – summ – – Nebenan im Wohnzimmer schlug die Uhr zwölf. Sehr energisch klopfte der Hammer auf die Messingglocke. Adele öffnete ein wenig die Augen. Da merkte sie, daß die Kerze brannte:, hörte die raschen Schläge der Uhr und fand sich zurecht. Sie war also doch eingenickt gewesen, ganz gegen die Absicht. Gut, daß sie das Licht nicht ausgelöscht hatte, sonst hätte sie die Stunde ganz gewiß verpaßt und sich elend geärgert. Sie blickte nach dem Lager ihres Gatten, dann darüber hinweg zum Fenster. Der Mond schien kräftig durch den Mullvorhang ins Zimmer. Sie richtete sich auf und drückte mit zwei Fingern den Docht der Kerze zusammen. Einen Augenblick war es dunkel, doch gleich gewöhnten sich die Augen an die schönere Dämmerbeleuchtung, die in zarter Andeutung jeden Gegenstand im Räume erkennbar machte. Ein bläulicher Mondstrahl fiel grade auf das Bett zur Linken und umspielte die Glatze des friedlich schlummernden Bröschke mit mildem Glanz. Adele neigte den Kopf zu ihm hinüber. Gurgelnde Laute drangen an ihr Ohr. Sie quollen von der Gaumengrotte die Zunge entlang an den halbgeöffneten Mund des Schläfers, von wo sie im Tempo der Atemzüge mit einem geflüsterten Pfeifen ausgeblasen wurden, um sich an den überhängenden Spitzen des weißgrauen Schnurrbarts in winzigen Speichelperlen zu materialisieren. Langsam näherte Adele ihr Gesicht dem seinigen, bis sie, den Körper vorsichtig nachziehend, halb vorgebeugt auf der Seite lag und den Mann geradeaus anschaute. Ein Ausdruck seligster Weltausgesöhntheit verklärte ihn. Die Lider waren tief über die Augen gezogen, so daß die Wimpern wie Fransen auf den Tränensäcken lagen. Die knollige Nase schien sich lebensfroh dem kosenden Mondstrahl zu neckendem Schmerz darzubieten und sog mit geblähten Nüstern Wohlgefallen ein. Die Lippen kräuselten sich, wie erheitert von dem anmutigen Spiel der Schnarchwellen, zu glücklichem Lächeln – und der ausgleichende Schimmer des Mondlichts ließ die blaurote Farbe der Glatze, das tiefe Blau der Schläfenadern, das Ziegelrot der Backen und das Lila der Nase zu einer violett getönten Gesamtpalette voll friedlichem Behagen verschmelzen.

Schelmisch probierend senkte Adele ihren Mund leicht auf Jakobs gesprungene Unterlippe. Ein wohlgefälliges Schwabben des Schnurrbarts quittierte den Kuß und ließ ahnen, daß der wunschlos feste Schlaf von dem duftigen Weben eines vergnüglichen Traumes belebt zu werden begann. Doch blieb die Haltung des Träumers unverändert; die Merkmale des Schlafes wichen nicht von seinem Antlitz, nur der Mund öffnete sich um ein weniges mehr. Das benutzte die Gattin zu einem neuen Angriff listiger Zärtlichkeit. Sie legte ihren Mund sanft und ohne Druck auf seinen und kitzelte ihn mit der Zungenspitze federnd unter der Oberlippe.

Mit lustiger Neugier sah sie zu, wie die Engel des Schlummers allmählich die Flügel spreiteten, um den glücklich Entrückten weich in die irdische Wirklichkeit zurückgleiten zu lassen. Als ob ihm eine aromatische Frucht zum Imbiß geboten würde, schnoberte seine Nase in die Luft, seine Lippen rundeten sich, als wollten sie Rauchringe blasen, und streckten sich vor, und indem sie an den dicken weichen Lippen Adeles haften blieben, trat eine Verbreiterung des ganzen Gesichts ein, die zu beiden Seiten der Nase horizontale Falten und eine liebenswürdige Aufblähung der Backen hervorrief.

Damit trollte sich der Schlaf endgültig. Unter der Bettdecke arbeitete sich der rechte Arm hervor, und die Hand fuhr erst von unten nach oben mit breiter Fläche über das eigene Gesicht, wobei sich die Augen zwinkernd öffneten, dann legte sie sich verlangend um Adeles Nacken. »Du! – Ich gratuliere auch schön. — Weißt du nicht, was los ist, Alter?«

Der Volkstribun holte aus dem Bauch herauf Atem und stieß ihn schnaubend durch Mund und Nasenlöcher von sich. Er besann sich.

»Ja. Ist's möglich? Ist schon Zeit zum Aufstehn?«

»Unsinn. Grad hat's zwölf geschlagen. Du hast Geburtstag, Männchen!«

»Sieh mal an. — Ja, dann ist jetzt der vierzehnte Juli?«

»Merkst du was? Du bist ja noch halb im Schlaf, du! –Denk nur mal nach. Dein sechzigster Geburtstag fängt eben an.«

Jakob Bröschke saß mit einem Ruck aufrecht im Bett. »Herrgotts Donnerkiel! – Denk bloß an, Alte, dann bin ich jetzt sechzig Jahre alt!«

»Hast du's jetzt begriffen, Schlafmütze? – So, und nun wünsche ich dir ein langes glückliches gesundes Leben und alles Schöne und Gute auf der Welt!« Damit packte Adele ihren Mann mit der rechten Hand unter der linken Achsel, schwenkte ihre obere Partie an ihn heran und versetzte ihm vier, fünf laut schallende Küsse auf den Mund. Bröschke nahm jeden von ihnen mit katerhaftem Zukneifen der Augen in Empfang. Dann blinzelte er die Gattin an, während sich nacheinander zwei Vorderzähne auf der gesprungenen Lippe sehen ließen. »Dank schön, Liebling. Wollen mal sehn, was das Jahr bringt.«

»Was wünschst du dir denn?«

»Ja – na, das wird sich wohl beizeiten herausstellen.«

»Bist du gar nicht ein bißchen neugierig?« Adele schielte zum Bettende hinunter, wo der Kragen des neuen Schlafrocks die Lade ein wenig überragte.

»Deeichen! Deeichen! Du hast wohl 'ne Überraschung für mich?«

»Rat doch mal!«

»Wie soll ich das wohl raten, Kind? Das werd ich ja morgen immer noch sehn.«

»Ach du! Freust du dich denn gar nicht ein bißchen drauf? Da, kuck mal über den Bettrand.« Sie zeigte mit dem Finger hin, und Jakob bemühte sich, etwas zu erkennen. »Ich seh bloß was rundes Schwarzes. – Am Ende ein neuer Hut?«

»Oh, du altes Kamel! Wo du doch zwei Hüte hast, den hellen weichen und den steifen runden. Die kannst du beide noch sehr schön tragen. Und außerdem ist ja auch noch der Zylinder da. – Nein, es ist viel was Schöneres.«

»Na, dann sag es mir man lieber gleich. Ich komm doch nicht drauf.«

»Ein Schlafrock ist es! Ich hab ihn selbst gemacht.«

»Ein Schlafrock? – o du Donnerwetter! – Ja, den kann ich brauchen. Wahrhaftig. Die kurze Wolljacke war doch nichts Rechtes mehr.«

»Ja, denk bloß, Schmirl sein Schwiegersohn ist doch neulich Leutnant geworden. Da hat er sich einen neuen Mantel zugelegt, und den alten hat Suse mir verschafft, und ich hab ihn färben lassen und für dich als Schlafrock zurechtgeschneidert, mit violetten Aufschlägen und Kragen und ebensolchem Strick um den Bauch.«

»Hat er denn auch ordentlich Taschen?«

»An jeder Seite eine, und innen noch zwei große Brusttaschen.«

»Das ist gut. Daß ich doch weiß, wo ich mein Taschentuch und die Zeitungen oder die Sitzungsprotokolle immer gleich hinstecken kann.«

Adele streichelte ihm mit der flachen Hand über die Glatze. »Siehst du wohl, Papachen, ich hab schon an alles gedacht. Möchtest du den schönen Schlafrock aber nicht gleich ansehn?«

»Gleich, Schatz.« Damit faßte er jedoch seine Frau fester um den Hals, als ob er Angst hätte, die Gemütlichkeit könnte durch große Umstände gestört werden. »Komm nur erst mal her, daß ich mich auch richtig bedanken kann.« Da schob Adele ihren ganzen Oberleib ihm entgegen, und als er jetzt auch mit dem linken Arm um sie herumgriff und sie an sich zog, arbeitete sie mit den spitzen Knien ihre untere Hälfte bis zum äußersten Rand des Bettes vor, daß ihr die Steppdecke nur noch die Rückseite wärmte, klappte entschlossenen Griffs mit der Rechten den Zipfel von Jakobs Decke zurück und barg sich nun, ganz hingeschmiegt, an der Brust des Gemahls. »Weißt du«, sagte sie nach einer Weile, während der er ihr nach einem saftigen Kuß die Arme und den Rücken streichelte, »ich glaube, ich zeige dir den Schlafrock lieber erst morgen. Die Farben heben sich bei Tageslicht deutlicher ab.«

»Ja, ja. Bleib du man ruhig bei mir liegen«, erwiderte er in einem Ton, als ob er ihr eine Strafarbeit erließe. Beide schwiegen.

Adeles Kopf lag angelehnt an seiner Schulter, und ihr von den Zärtlichkeiten verwirrtes Haar ergoß sich in dünnen Strähnen über die vom Unterkinn fortgesetzte raupenartige Verdickung seines Halses. Es schien, als wollte ruhiger Schlaf sich in wenigen Augenblicken über die schon einnickenden Augen der müden Gatten senken. Da erwachte Jakob unerwartet wieder und sprach mit nachdenklicher Stimme:

»Sechzig Jahre! Man sollte nicht meinen, was man in der Zeit alles durchmachen kann!«

Adele, durch diese Betrachtung ebenfalls ermuntert, fügte hinzu: »Und dir steht vielleicht noch mancherlei bevor!«

»Möglich«, gab er zurück. »Dieses Jahr kann allerhand entscheiden. Jetzt geht grade die große Offensive gegen Paris an. Wenn wir das kriegen, dann bleibt der Entente« — Bröschke sprach das Wort ohne Rücksicht auf das Französische buchstabengetreu aus – »wohl nichts anders mehr übrig, als endlich nachzugeben. - Einmal müssen drüben die Leute ja auch zur Besinnung kommen.«

»Und dann, meinst du, wird wieder alles wie vorher?«

»Das wird wohl von den Umständen abhängen. Viel Entschädigung werden wir kaum verlangen können – es soll ja doch ein demokratischer Friede werden, und da muß schließlich jedes Land den Hauptteil seiner Kosten selbst tragen. – Aber wir sind ja in jeder Beziehung besser dran als die andern. Unser Heimatland ist zum Glück von den Schrecken des Krieges verschont geblieben, und dann haben wir auch keine Schulden im Ausland gemacht.« »Sag, Vater, ist das denn nicht einerlei? – Die Zinsen für die Kriegsanleihen müssen doch ebensogut aufgebracht werden?«

»Natürlich müssen sie das. Verzinsen und amortisieren müssen wir die Anleihen, versteht sich. Da darf keiner zu kurz kommen, der sein Scherflein beigetragen hat zur Rettung des Vaterlandes. Aber, siehst du, das Geld fließt ja doch alles wieder an die Steuerzahler zurück, die es aufbringen müssen.«

»Ach, so ist das!« Adele kam die Rechnung nicht ganz schlüssig vor, aber davon verstand sie ja zu wenig. Es war ihr jedenfalls recht, wenn es sich so verhielt und die sechsundzwanzigtausend Mark, die sie selbst in ihrer Ehe zusammengespart und in die Kriegsanleihe angelegt hatten, gut gesichert waren. »Aber«, fuhr sie in ihren Überlegungen laut fort, »zu haben wird dann doch gleich wieder alles sein, und bald auch wieder zu den alten Preisen?«

»Ja, das kommt darauf an.« Der alte Politiker dachte einen Augenblick nach. »Kaufen wirst du natürlich bald wieder können, was du Lust hast. Denn ein demokratischer Friedensschluß enthält vor allem auch die Bestimmung, daß der Handel zwischen allen Ländern gleich wieder in Schwung gesetzt wird. Und dann, wenn mehr Sachen da sind, werden sie ja auch wieder billiger. Besonders wenn du bedenkst, wie sparsam die künftige demokratische Regierung wirtschaften wird.«

Adele bedachte es; doch konnte sie die Frage nicht unterdrücken, worin denn die Einsparungen hauptsächlich be-stehn sollten.

»Die Demokratie ist die billigste Regierungsform«, erfuhr sie. »Überleg nur mal, wieviel überflüssigen Pomp wir aus der Welt schaffen können. Der Hof wird sich auf die einfachste Repräsentation beschränken müssen. Ein Heer von Beamten entlassen wir einfach, und dann vor allen Dingen werden die Kosten für die Armee ganz bedeutend billiger werden.«

»Muß man denn nach dem Krieg überhaupt noch eine Armee haben?«

»Da kommen wir vorerst nicht drum rum. Selbstverständlich bloß ein Volksheer, eine sogenannte Miliz, wie wir Sozialdemokraten sie schon früher immer gefordert haben. Ganz ohne Schutz können wir gewiß nicht bleiben. Da kämen wir ja zu russischen Zuständen. Das geht natürlich nicht.« »Nein.« Sie sah schon ein, daß das nicht ginge. Wenn sie den Marin nur irgendwie auf den Geburtstag zurück und dann auf Theodor bringen könnte! Sie suchte nach einem Umweg: »Sag, Manne, bei den Friedensverhandlungen wird man die Sozialdemokratie doch gar nicht ausschließen können?«

»Wo denkst du hin! Um uns kommt man nicht mehr herum. Ich bin sogar fest überzeugt, daß man bei der zukünftigen Regierungsbildung unsern Parteigenossen wichtige Ministerposten überlassen muß. Denn da entscheidet das Volk selbst mit dem Stimmzettel. – Ja, das wird vielleicht gewissen großen Herren hart ankommen.« Ein Zahn bog sich auf Jakobs Unterlippe. »Denk mal! Wenn du womöglich Minister würdest!« »Wenn mich das Vertrauen des Volkes auf einen solchen Platz rufen sollte –« Bröschke fiel es plötzlich ein, daß er sich nicht auf einem sozialdemokratischen Zahlabend, sondern mit seiner Frau zusammen in seinem Bette befand, daher auf den sonor gefärbten Ton bescheidenen Selbstbewußtseins füglich verzichten konnte; so vereinfachte er die Antwort: »Das kann leicht passieren. Hab ich mir selbst auch schon manchmal gedacht.«

Adele fuhr förmlich zusammen bei der Vorstellung! »Du! – Würdest du dann auch Exzellenz heißen?« Sein Ausdruck ward jetzt selbst etwas ängstlich. Aber er entschloß sich: »Jedenfalls wohl« –, und dann kicherte er stoßweise vor sich hin – »und du auch.«

»Exzellenz Bröschke!« lallte die entzückte Frau vor sich hin und kuschelte ihr Gesicht ganz dicht an seinen Hals. »Jacki«, sagte sie leise, »das wäre doch das schönste Geschenk zu deinem sechzigsten Geburtstag.« Er drückte sie ergriffen an sich, und nun benutzte sie die Gelegenheit. Erst küßte sie ihn in den Mundwinkel, dann atmete sie warm in sein Ohr und flüsterte hinein: »Jacki, willst du mir auch eine große, große Freude machen?« Sie sprach so einschmeichelnd, daß sich seine große Hand unwillkürlich an ihrer Nachtjacke zu schaffen machte und tätschelnd zwischen den Knöpfen ihres Hemdes liegenblieb. »Was möchtest du denn, Altechen?« fragte er mit leicht gurgelnder Stimme.

»Sorg, daß unser Theo nicht in den Schützengraben muß!« Adele spürte im Moment, daß das Kribbeln seiner Finger an ihrer welken Brust aufhörte. Auch sein Organ bekam wieder den gewohnten heiseren Ton. »Der verdammte Bengel!«

»Na ja – ich weiß schon. Aber sieh doch, Papachen, er ist doch noch so'n grüner Junge. Und du hast doch nun mal heute den sechzigsten Geburtstag.«

»Eben. Er ist noch viel zu grün, um sich in der Politik gegen seinen alten Vater hinzustellen.«

»Alter Vater! – Du bist ja noch so jung wie einer, mein Dickerchen!«

»Soll's nur ausfressen«, murrte Bröschke schon bedeutend sanfter.

»Sei nicht so, Vati. Denk bloß, wenn er verwundet wird – oder fällt!« Ein Schauer ging durch Adeles Körper, und sie kuschelte sich ganz dicht an den seinen.

Er nahm sie fest an sich. »Ist schon gut. Ich schreib morgen.«

Adele gab einen Seufzer der Erlösung von sich. »Ach, daß er nicht zu deinem Geburtstag da ist!« Ihr Atem berührte wieder heiß sein Gesicht.

»Na, sei man still, Mutti. Dann kommt er ein paar Tage später. Ich will um Urlaub eingeben für ihn.«

»Jacki!« Sie küßte heftig seinen Mund.

»Ja. Aber den Kopf werd ich ihm ordentlich waschen, dem Stro_ch.«

»Das tu nur, Alter! – Und wenn du nachher Minister bist, dann wird er ja auch einsehn, daß sein Papa wieder mal viel klüger gewesen ist als er.«

»Bloß nicht laut von so was reden, Schatz!«

»Bewahre! Aber bei dir im Bett kann ich mich doch freuen über meinen großen, berühmten Mann.« – Sie legte ihren knochigen Arm ganz um seinen Nacken herum. »Exzellenz!« tuschelte sie ihm ins Ohr. Da riß er sie dicht an sich heran. »Mein Deeichen!«

»Mein Jäckelchen!« – Und zwischen dem seit fast dreiunddreißig Jahren ehelich verbundenen Paar geschah, was lange, lange nicht mehr geschehen war. Der letzte Mondstrahl glitt hinter das Fenster zurück.

Es war ein schönes Fest, der sechzigste Geburtstag von Jakob Bröschke. Adele mußte sich freilich tummeln. Sie hatte um sechs Uhr aufstehen wollen, und als sie aufwachte, war es schon halb acht geworden. Da kroch sie vorsichtig und ohne den Mann zu wecken in ihr Bett hinüber und war auch schon in Bewegung. Nicht einmal Frau Domnick hatte sie kommen hören, die schon die Treppe aufwischte, während Frieda dabei war, im Eßzimmer den Frühstückstisch herzurichten.

Gottlob waren Käte und Eugen noch nicht auf, aber kaum daß Adele in die Stube getreten war, hopste ihr die kleine Elly im Hemdchen entgegen und umarmte sie. »Flink, zieh dich an, Kind, und hilf Großmama!«

Am Plüschrücken von Vaters Lehnstuhl wurde ein Schild befestigt, das auf rotem Grunde die Inschrift »Dem Jubilar« trug und mit Arabesken in grüner Farbe reich geziert war. Ein Efeugewinde umrahmte den Schmuck, und auch das gelb gemusterte Tischtuch bekam an Jakobs Platz eine Garnierung von Efeu und Fichtengrün. In der großen Vase standen frische Astern und Nelken.

Erst nach acht Uhr erschienen Eugen und Käte. Um halb neun ging Adele noch einmal ins Schlafzimmer, um Jakob zu wecken und ihm den Schlafrock zu überreichen, auch um sich selbst herzurichten. Wenigstens frisiert wollte sie schon sein, wenn Anton käme.

Der war früher da, als man ihn erwartete. Bröschke hörte auf dem Korridor den Aufruhr der Begrüßung, unterschied die Stimmen des Sohnes und des Schwiegersohnes, der Frau und der Tochter und dazwischen das jubelnde Geschrei Ellys: »Onkel Toni! Onkel Toni!« — und dies brachte auch ihn zu Entschlüssen. Er trat, angetan mit dem neuen Kleidungsstück, ein. Alle standen unbewegt und erwartungsvoll da. Anton, der dem Vater gleich entgegen wollte, wurde von seiner Schwester am Arm festgehalten.

Elly aber, in weißem Kleidchen, schritt dem Großvater entgegen, ihren Rosenstrauß mit beiden Händen umklammernd, und plapperte mit piepender Stimme und beinahe ohne zu stocken das Gedicht her, das ihr Papa als sein Werk ausgab, das er jedoch der Sammlung »Bei frohen Gelegenheiten« entlehnt hatte. Nur hatte er an einer Stelle für Gott das Schicksal eingesetzt:

> »Lieber Großpapa! Ich wünsche dir das Beste
> zu deinem heutigen Wiegenfeste.
> Du bist uns mit deinem ganzen Wesen
> immer ein leuchtendes Vorbild gewesen.
> Behüte dich das Schicksal vor allem Bösen
> und erhalte dich uns allen ferner gesund.
> Jetzt, bitte, gib mir einen Kuß auf den Mund.«

Den erhielt Ellychen natürlich und wurde dann noch von Großmama und Mama zärtlich in die Arme geschlossen, indessen sich Frau Domnick und Frieda, die hinter Bröschkes Rücken durch die halboffene Tür der Szene als Zuschauer beiwohnten, mit ihren Schürzen über die Augen wischten.

Während gefrühstückt wurde und die drei Männer ihre Ansichten über die Kriegslage austauschten, hielt es die Hausfrau nur selten auf ihrem Platz. Vor allem mußte die gute Stube rasch wieder vom Schlafraum der Familie Riemann zum Empfangssalon für die erwarteten Besuche und zum eigentlichen Festzimmer umgestaltet werden, wo Jakob zunächst mal seinen Geburtstagstisch aufgebaut kriegte. Dann gab's Anordnungen in der Küche zu treffen und Vaters Arbeitsstube für Antons Unterkunft bereit zu machen. Kate mußte sich inzwischen anziehen, um die Kleine, ehe jemand käme, aus dem Haus zu schaffen. Sie sollte bis Mittag mit Alfred Wirrgarn spielen, am Nachmittag wollte sie dann Suse Schmirl, die natürlich in alles eingeweiht war, zu sich nehmen.

Die Unterhaltung von Vater, Sohn und Schwiegersohn war recht lebhaft. Anton hatte von einem Vorgesetzten bei der Kunsthonigstelle, der fabelhafte Verbindungen hatte und absolut zuverlässig unterrichtet war, erfahren – selbstredend ganz vertraulich —, wo das rätselhafte neue Geschütz stand, aus dem Paris bombardiert wurde. Damit war der Schwager abgetrumpft, der gehört hatte, ein solches Geschütz existiere gar nicht, die Deutschen seien von einer Seite schon so nahe an Paris herangerückt, daß sie es ganz bequem mit den großen Schiffshaubitzen bestreichen könnten. Das werde jedoch aus dem Grunde geheimgehalten, damit der große Schlag, der von dieser Stelle aus gegen die französische Hauptstadt geplant sei, nichts von seiner überraschenden Wirkung verlöre. Riemann gab diese Theorie nicht gerne preis, und Bröschke senior meinte denn auch: »Möglich war's ja immerhin, daß ihr beide recht habt, sie können ja am Ende von zwei Seiten ran wollen, und da, wo sie selbst noch nicht so weit vorkommen können, buttern sie die Forts erst mal mit der langschießenden Kanone zusammen.«

Eben wollte Anton den Vater darauf aufmerksam machen, daß der Ausdruck »langschießende Kanone« gänzlich unfachmännisch sei, und zugleich öffnete Eugen den Mund, um festzustellen, daß die Befestigungen von Paris nicht wie Forz ausgesprochen werden dürften, da rief Adele zur Bescherung.

Im Gänsemarsch, der Gefeierte zuletzt, ging's in die gute Stube. Unter Hindenburgs Bild im Goldrahmen, das Riemanns heute vor zwei Jahren gespendet hatten, war ein runder Tisch hergerichtet, auf dessen strahlend weißer Decke Adele ihre weiteren Überraschungen ausgebreitet hatte: eine vom Konditor gelieferte Torte, deren Grundfarbe und Konsistenz zwar an weiches Leder erinnerte, der aber ein gemusterter Überguß von Zuckerschaum-Ersatz die Hoffnung auf Wohlgeschmack rettete; daneben die Zigarren und Zigaretten, die sie gestern zum Anbieten für die Gäste gekauft hatte, und endlich als Hauptsache ein violettes Hauskäppchen, das genau zum Schlafrock paßte, da es aus demselben Stoff gemacht war wie dessen Kragen und Aufschläge. Bröschke setzte es sich gleich auf die Glatze und betrachtete sich dann, zwei Vorderzähne in die Unterlippe gehängt, wohlgefällig im großen Spiegel, indem er sich mit beiden Händen seitlich auf den Bauch schlug. Dann erst umarmte er die Gattin.

Die weiteren Geschenke nahm er aus den Händen der Spender und legte sie selbst zu den übrigen Gaben. Käte überreichte ein Kissen aus braunem geripptem Stoff, umsäumt von einem schwarzweißroten Band, Eugen ein Buch »Ran an den Feind!« von einem Offizier aus der Umgebung des Generalfeldmarschalls v. Mackensen. Anton schenkte Mehrings »Geschichte der deutschen Sozialdemokratie«, die sich der Vater schon lange gewünscht hatte, und Elly durfte Großpapa noch eine Krawatte übegeben, bevor sie den Strohhut aufgestülpt bekam und fort mußte.

»Mein Gott!« rief Adele, als Käte mit dem Kind gegangen war, »es ist halb elf durch. Es kann ja jeden Augenblick schon Besuch kommen, und ich bin noch nicht angezogen, – und willst du deine Gäste im Schlafrock empfangen, Vater?«

Das Ehepaar verschwand im Schlafzimmer. Nachdem Adele das Korsett fest um den rippigen Leib gezogen hatte, überfiel sie in Erinnerung an die Nacht ein plötzlicher Zärtlichkeitsdrang. Sie legte die Arme um den von Stärke knackenden Kragen von Jakobs Oberhemd, so daß ihre Korsettstangen und seine Hemdbrust zusammenklangen, als ob Äste von einem Baum fielen, und sagte: »Jäckele! – Du, wenn's doch wahr würde!« Er küßte sie auf die eingefallene Backe und schob sie sanft von sich, worauf er die schwarze Weste anzog und nach einem prüfenden Blick über Schnitt und Sauberkeit die Gehrockärmel über die Manschetten streifte. Als sie die Toilette beendet hatten – Adele sah in ihrem violetten Kleid tatsächlich verjüngt aus — und aus der Tür traten, legte sie noch einmal die Hand auf seine Schulter, beugte sich gegen sein Ohr und flüsterte: »Vati, vergiß Theo nicht!«

Knurrend setzte Jakob zum Reden an – da läutete es. Gott sei Dank, es war nur die Depeschenbotin. Drei Telegramme auf einmal. Adele riß sie der uniformierten Frau aus der Hand, und während sie das erste zitternd vor Erwartung öffnete, holte Jakob ein Trinkgeld aus dem Portemonnaie.

»Im Namen des Stadtmagistrats spreche ich Ihnen meine aufrichtigsten Wünsche zur Vollendung des sechzigsten Lebensjahres aus. Möge Ihr gemeinnütziges, selbstloses Wirken unserer Vaterstadt noch lange erhalten bleiben. Der erste Bürgermeister. Doktor Lübke.« Adele hielt das Telegramm entfaltet vor sich, und Bröschke las es über ihre Schulter weg laut vor, während sich Anton und Eugen neugierig auf dem Korridor beim Elternpaar einfanden.

Anton schlug jedoch vor, die anderen Depeschen im Zimmer vorzulesen. Eine war von der sozialdemokratischen Landtagsfraktion und nannte Bröschke einen im Sturm bewährten Lotsen der deutschen Arbeiterbewegung. Die dritte war ganz kurz. Sie lautete: »Bin im Geiste bei Euch. Theodor.«

Anton hatte sie vorgelesen. Er legte das Telegramm wortlos zu den anderen auf den Tisch. Adele zog ihr Taschentuch vor und schneuzte sich lange und heftig hinein. Als sie es wieder einschob, war ihre lange Nase stark gerötet. Eugen Riemann sah sehr streng aus. Er zog die spärlichen roten Schnurrbarthaare mit der Zunge in den Mund und rückte mehrfach am Zwicker. Der Vater brummte etwas vor sich hin. Dann sagte er energisch: »Ich hab noch was zu schreiben. Wenn jemand kommt – ich bin gleich fertig«, und begab sich in sein Arbeitszimmer.

Als erste kamen Peter und Suse Schmirl, die ältesten Freunde. Bröschke hörte das polternde Gelächter des Genossen, hörte das Geschnatter der Frauen, die Entschuldigungen, daß die Gäste warten müßten, und Peters Witze an die Adressen des Sohns und Schwiegersohns. Er hörte Kate zurückkommen und nach ihm fragen und die neuerliche Verlesung der Telegramme. Aber er ließ sich nicht stören, schrieb zwei Seiten eines großen Aktenbogens voll, kniffte sie, schrieb die Adresse auf ein gelbes Kuvert, unterstrich das Wort »Einschreiben« mit dem Rotstift und verfaßte alsdann auf einem besonderen Blatt Papier ein Telegramm an die Etappenkommandantur, des Inhalts: »Erbitte sofort Urlaub für Gefreiten Theodor Bröschke. Schriftliche Begründung absende gleichzeitig. Jakob Bröschke. M. d. R.«

Erst nachdem Frau Domnick mit dem Auftrag zur Post unterwegs war, begrüßte er seine Besucher, deren bald die ganze gute Stube voll war. Adele und Kate konnten nicht genug Gefäße herbringen, um die Blumen ins Wasser zu stellen, und die blaue Porzellanschale auf dem Tisch schwoll an von immer neuen Stößen von Briefen, Karten und Telegrammen, deren Verlesung auf die große Feier am Abend aufgeschoben wurde.

Deputationen und offizielle Glückwunschüberbringer waren alle erst bei der Hauptfeier im Gewerkschaftshause zu erwarten, die der sozialdemokratische Wahlverein dem verehrten Vorsitzenden bereitete. Ins Haus kamen nur die persönlichen Freunde und Bekannten, besonders zahlreich die Schulfreundinnen Kätes, aber auch die Nachbarn, denen man etwas näherstand, so Herr Töpfermeister Diestel und Gemahlin, und auch Lina, das frühere Hausmädchen, hatte es sich nicht nehmen lassen, mit einem Geranienstock in alter Anhänglichkeit vorzusprechen. Die Parteigenossen hatten fast alle nur Karten geschickt; den eigentlichen Glückwunsch behielten sie sich für den Abend vor. Nur der alte Tesenfitz, das langjährige Faktotum vom Parteisekretariat, kam. und blieb ehrfürchtig an der Tür stehn. Er war kaum zu bewegen, Platz zu nehmen, und hielt aus Höflichkeit seinen Stuhl so weit vom Tisch entfernt, daß er zu jedem Schluck Apfelwein ein wenig aufstehn mußte, um hinüberlangen zu können. Der Jubilar gurgelte und kollerte glückerfüllt und fand sonst wenig zu sagen, um alles Liebenswürdige zu beantworten. Adele war bald hier, bald dort und sorgte, daß jeder sein Gläschen und ein Stück Kuchen hatte. Käte war von ihren Freundinnen umringt, und die Rede ging von Beförderungen, Eisernen Kreuzen und Leutnants. Riemann berechnete mit Herrn Töpfermeister Diestel den den Amerikanern von den U-Booten zum Truppen- und Munitionstransport belassenen Tonnenraum, wobei das Resultat von vornherein feststand, daß seine Geringfügigkeit ernsthafte Gefahr von dieser Seite nicht mehr befürchten lasse. Die Damen Schmirl und Diestel erörterten mit Lina, dem früheren Hausmädchen, die Schwierigkeiten der Ernährungsverhältnisse, während Anton, um den guten Tesenfitz doch nicht ganz zu vernachlässigen, Angaben über die Personalverhältnisse im örtlichen Parteibüro, über die Abonnentenzahl und die Redaktionsbesetzung des »Arbeiterboten« und über die Verluste des Parteibeamtenapparates durch den Krieg aus ihm herausholte, wobei die letzte Frage dank der zahlreichen Reklamationen gottlob sehr günstig beantwortet werden konnte.

Neben Bröschke hatte sich, einen Ellenbogen breit auf den Tisch gelagert, Peter Schmirl niedergelassen, dessen kräftig-jovialer Baß den ganzen Raum beherrschte. Seine braungrauen Haare tanzten buschig über der breiten niedrigen Stirn, und die großen runden Gläser der Stahlbrille hüpften auf der geschwungenen Nase, wenn

die Faust wieder mal bekräftigend auf die Tischplatte aufschlug –
und das tat sie oft.

»Sechzig Jahre!« schrie er in einem Ton, der ebensogut haltlose
Begeisterung wie galligsten Hohn ausdrücken konnte. »Mensch,
Jakob! Wenn unser alter Pörtels dich noch so sehn könnte – so als
richtigen saturnierten Jubelgreis, Vater, Großvater, M. d. R., M. d. L.,
Parteivorstand, Magistratsrat, Referent für Kultus, Kultur und
Kultum, mit goldner Uhrkette und Doppelkinn, umringt von Familie
und Besuch, in der guten Stube mit grüne, goldgefleckte Tapeten,
schwere Vorhänge vors Fenster und 'n imitierten Perser am Boden –
unentwegt die rote Fahne in der linken Hand, und dabei mit Gott für
König und Vaterland – hurra!«

Bröschke wußte wie gewöhnlich nicht recht, wie er Peters Rede
auffassen sollte. Er kollerte und begnügte sich mit der Entgegnung:
»Ja, wie der Lauf der Welt nun mal ist!«

»Doll!« Schmirl zog den Schnurrbart nach beiden Seiten glatt, zupfte
an der Fliege, bog den Kopf zurück und kratzte mit fünf gekrümmten
Fingern unterm Kinn den langen Hals herunter, wobei der kräftige
Adamsapfel vibrierte: »Je nun«, meinte er, etwas stiller vor sich her
lachend, »knapp zwei Jahre, und ich habe die sechzig auch
gezwungen. Bloß mit die Karriere muß ich mich noch ranhalten, um
dich einzuholen. Na, nett eingerichtet bin ich auch, M. d. L. und
Stadtverordneter ebenso, aber mit Reichstag und Parteivorstand
hapert's noch, und was Kinder und Enkel sind, da muß ich mich nun
mit weniger trösten als du. Dafür ist der Herr Schwiegersohn aber
auch Leutnant«. Er lachte dröhnend, und Adele, die die letzten Worte
auffing, sandte ihrem Gatten in Erinnerung an den zum Schlafrock
gewandelten Militärmantel einen innigen Blick. »Ih, das weißt du
woll noch gar nicht? Doch? Ja, Meyer ist befördert, – na, und der
Enkel soll ja auch bald werden; Minna meint, im Oktober. Also du,
das soll ich dir von ihr bestellen: das schenkt sie dir zum Geburtstag,
daß der Junge nach dir Jakob heißen soll.«

»Wenn's ein Junge wird, hoho!«

»Erlaub mal, mein Enkel wird ein Junge, verstehst du? Bin aber
gespannt, ob der mal ein Sozi wird oder ein Paterjoht – oder ob das
bei die Enkels ebenso durcheinandergemanscht wird wie bei die
Großväter.« Die Faust bullerte wieder auf den Tisch. »Bloß unser alter

Pörtels hätte das noch miterleben sollen. Der hält wohl solange den Kopf geschüttelt, bis er den Hals gebrochen hätte.« Eine sonderbare Gedankenverbindung stellte sich bei Bröschke ein, die aus dem Zweifel erwuchs, ob Pörtels wohl ganz mit der Sozialdemokratie von heute einverstanden wäre. »Du, Peter, was sagst du dazu? – Ich hab für Theo um Urlaub eingegeben.«

Da nahm Peter Schmirl den Arm vom Tisch, streckte beide Hände weit zwischen den langen Beinen vor und sah den Freund von unten herauf an, als ob sein Blick über den Stahlrand der Brille klettern wollte: »Jakob, so gescheit bist du ja selber nicht gewesen. Das hat dir mal wieder deine Deele eingegeben. Sonst müßt ich ja an meine Menschenkenntnis verzweifeln.«

»Na ja, gewiß, ich will nicht abstreiten, daß ich es ihr zulieb getan hab.«

»Wie alt ist der Bengel?«

»Einundzwanzig.«

»Einundzwanzig. Na, du willst ihn dir woll schön kaufen mit seinen eignen Kopp?«

»Das kannst du glauben. Er muß raus bei den Unabhängigen, oder ich rühr keinen Finger, wenn sie ihn in den Schützengraben stecken.«

»So? — Na ja, andrer Leute Kinder werden auch zu Brei geschossen.«

»Ist ja noch nicht soweit. Er wird ja auch wohl Vernunft annehmen.«

»Meinst du? – Paß mal auf, Jakob, was ich dir sag. Wie ich deinen Theo kenn, ist er ein gutes weiches Kind, aber kein Hanswurst. Und wenn er aus Angst vor seinem Vater seine Standpauken oder vorm Schützengraben heute so und morgen so kann, ist er ein Hanswurst. Und jetzt sag ich dir noch was: Wenn ich nicht schon ein alter Schafskopp war und noch einundzwanzig Jahr wie dein Theo, dann tat ich auch was andres, als mir Vernunft annehmen und tat dasselbe was ich unterm Schandgesetz auch getan hab – mit dir zusammen, Jakob, und bei unserm alten Pörtels, verstehst du?«

Bröschkes Augen blinzelten unsicher. »Das war doch dazumal was ganz andres, mein ich.«

»Stimmt. Dazumal waren wir die Rotzjungen und ließen die alten Knacker auf uns schimpfen, und nu sind wir selbst die alten Knacker. Laß du sich den Bengel man die Hörner ablaufen.«

Bröschke lenkte ab. »Du, Peter, ist eigentlich schon fest, wann der Landtag Ferien macht?«

»Am zwanzigsten, denk ich. – Ach ja, was ich sagen wollt. Da ist ja noch die Interpellation von Rupprecht wegen die Schutzhaftgeschichten und so.«

»Ja, da kommen wir wohl nicht drum rum?«

»Das is eben das Verdeubelte. Gegen die Unabhängigen können wir da nicht gut anmarschieren. Sonst springt uns ja die ganze Arbeiterschaft rüber.«

»Aber wir können doch dem Oberkommando auch nicht in die Parade fallen. Denkmal, wenn man jetzt jeden einfach frei laufen lassen wollte, der Liebknecht hochleben läßt!« Schmirl lachte. »Dann hätt dein Theo bald genug seinem Vater den Stuhl unter dem Hintern weggezogen. – Nee, das geht natürlich nicht. Du, ich hab mir aber was ausgedacht.«

»Na?«

»Paß auf. Wir müssen die Besprechung der Interpellation zuschanden machen.«

»Wir können aber doch nicht dagegen stimmen.«

»Ach wo. Wir brauchen bloß dafür zu sorgen, daß die Unterstützung nicht langt.«

»Wie das?«

»Döskopp! Die Unabhängigen sind grad drei Mann hoch. Für die Unterstützung brauchen wir fuffzehn Stimmen. Die Bürgerlichen stimmen alle dagegen – und von uns sind zufällig man zehn oder elf Mann im Saal. Kapiert?« Der alte Parlamentarier hatte kapiert. »Das geht. Heute abend sind ja wohl die meisten von der Fraktion da. Dann besprechen wir die Sache gleich.«

Herr und Frau Diestel erhoben sich. Der allgemeine Aufbruch begann.

Als alle fort waren, war es zehn Minuten vor eins geworden. Frieda mußte schnell hinüber zu Wirrgarns, um Elly zu Tisch zu holen. Herr Wirrgarn schickte die konservative »Bürgerzeitung« mit, rot angestrichen. Anton las vor, während die Mutter die Suppe austeilte: »Sechzigster Geburtstag. Der sozialdemokratische Abgeordnete Jakob Bröschke, unser Mitbürger, feiert heute in seltener körperlicher und geistiger Frische seinen sechzigsten Geburtstag. So grundverschieden unsere Anschauungen auch von den seinigen sind, so erbittert wir insbesondere gegen den unfaßlichen Gedanken ankämpfen, angesichts der herrlichen Ruhmestaten unserer unbezwinglichen Heere, unserer unvergleichlichen Flotte der Forderung des ganzen deutschen Volks nach einem Siegfrieden, nach einem deutschen Frieden, den Verzicht auf alles Errungene, den Scheidemannfrieden entgegenzustellen –«

»Sehr richtig!« murmelte hier Eugen Riemann, dem Schwager ins Wort fallend. »- einen Gedanken, der leider grade in Bröschke einen beredten Verteidiger findet, so geben wir doch gern zu, daß die vaterländische Gesinnung des Jubilars, wie sie sich seit vier Jahren bewährt, über jeden Zweifel erhaben ist. Mehr als irgendeinem ist es ihm zu danken, daß die Arbeiterschaft unserer Stadt treu zur großen Sache steht, entschlossen durchzuhalten bis zum Äußersten, und daß das landesverräterische Gebaren der Unabhängigen bei uns das unrühmliche Werk einer kleinen verachteten Sekte geblieben ist. Bröschke war es vor allem, dessen besonnenem Dazwischentreten es gelang, das verbrecherische Unterfangen des Januarstreiks im Keime zu ersticken, so daß die Rädelsführer rechtzeitig unschädlich gemacht werden konnten. Wir stehn daher nicht an, auch dem Gegner Gerechtigkeit widerfahren zu lassen und unsere Glückwünsche für den verdienten Mann mit denen aller Volkskreise von Herzen zu vereinigen.«

Anton schien der Vorlesung noch einige Worte von sich aus hinzufügen zu wollen.

»Ja, Vater –«, hub er an, schob aber gleich einen Löffel Suppe in den Mund und zog schlürfend eine Bandnudel nach, deren Ende allmählich hinter den Zähnen verschwand.

Kate fand den Artikel wundervoll und sah ihren Gatten dabei fragend an. Adele aber legte den Schöpflöffel aus der Hand und sagte strahlend: »Schade, daß der ›Arbeiterbote‹ erst um fünf kommt.«

Jakob selbst nahm das Zeitungsblatt neben sich auf den Tisch, und während ihm die Suppe vom Bart tropfte, fuhr er mit dem linken Zeigefinger noch einmal unter den Zeilen entlang.

Nach Tisch wurde ein Schläfchen gemacht. Elly kam zu Tante Suse, was sich dann aber als überflüssig erwies. Denn am Nachmittag kam kein Besuch mehr, da doch der frühen Polizeistunde wegen die Parteifeier im Gewerkschaftshause schon um halb sechs beginnen sollte. Man fuhr im Wagen hin, Anton auf dem Kutschbock, denn in der Droschke hatten nur vier Personen Platz. An diesem Tage erfuhr Jakob Bröschke in Wahrheit, wie dankbare Verehrung unermüdliche Hingabe an eine Sache lohnt. Er hätte die Hände nicht zählen können, die sich ihm zum Druck entgegenstreckten, nicht die Hochs, die ihm zu Ehren erklangen.

Nach Anhören der Deputationen und eines Liedes des Arbeitergesangsvereins hielt Peter Schmirl die Festrede, humorvoll und anzüglich wie immer, aber die freundschaftliche Wärme glitzerte nicht nur durch seine Brillengläser, sie quoll auch aus den Worten selbst hervor, besonders als er von der gemeinsamen Jugendzeit sprach, von den schönen Stunden, wo sie von Roderich Pörtels in die Lehren des Marxismus eingeweiht wurden, von der rastlosen Kleinarbeit in der Bewegung, wie Ortsgruppe um Ortsgruppe entstand und die Sozialdemokratie von Wahlsieg zu Wahlsieg schritt, Genosse Bröschke aber – unser Jakob! – vom Vertrauen des Proletariats getragen, die ganze Stufenleiter der Ehrenposten hinaufsteigen durfte, die das werktätige Volk zu vergeben hatte. Nie hatte ihn sein sicherer politischer Blick im Stich gelassen, und in der schweren verantwortungsvollen Zeit seit Ausbruch des Krieges hatte er wie wenige dazu geholfen, der Sozialdemokratie im Staate das Ansehen zu schaffen, das ihr kraft ihrer Stimmenzahl gebührte. Den politisch unklaren Heißspornen und Wirrköpfen hatte er mit der Energie realpolitischer Einsicht einen Damm entgegengestellt und ungeachtet der größenwahnsinnigen Phantasien hirnloser Imperialisten und Reaktionäre das Banner der Demokratie unentwegt hochgehalten.

»Und nu erlauben Sie mir als alten Freund unseres Genossen Bröschke noch ein paar Worte an ihn selbst zu richten. Jakob, ich sag manchmal Döskopp zu dir. Das kommt aber bloß davon, daß ich selbst man 'n alter Schafskopp bin und mit meinem Dickkopp immer durch die Wand will. Und wenn du dann bloß mit 'rn Kopp nickst und sagst: Schon gut, Peter, laß mich das man nach meinem Kopp machen! – dann will mir das zuerst gewöhnlich nich in den Kopp, und nachher seh ich doch ein: mein alter Jakob hat doch wieder mal den bessern Kopp gehabt, und der Döskopp war ich selber. Darum wünschen wir alle, daß dein Kopp noch lange unserer Partei erhalten bleibt als Kopp des arbeitenden Volks, und wenn das Proletariat sich ans Hirn stippt, dann soll das soviel heißen wie: Jakob, nu streng du deinen Kopp an! Und in diesem Sinne bitte ich Sie, mit mir auszurufen: Unser lieber alter verehrter Genosse Jakob Bröschke – er lebe hoch! noch mal hoch! und zum drittenmal hoch!«

Das schmetterte mächtig.

Und dann brachte der alte Tesenfitz den »Arbeiterboten«. Aber den sollte Jakob noch nicht zu sehn bekommen, so erpicht er darauf war. Auch Adele konnte ihre Neugier kaum meistern.

Anton beruhigte sie: »Da ist eine große Überraschung dabei, Mutter. Das kommt erst beim Kommers. Wenn Eugen die Telegramme bekanntmacht, soll er gleich auch die Zeitung vorlesen.«

Der alte Tesenfitz konnte den Augenblick fast noch schwerer erwarten als Jakob und Adele. Denn dabei sollte ein Stück Ruhm auch auf seinen Sohn Rudolf abspringen. Der saß bei der Presseabteilung im Generalstab der Armee Woyrsch und war gerade zum Unteroffizier befördert worden. Je mehr der Alte von dem Tiroler Spezial trank, der die Geister belebte, um so mehr Genossen erfuhren von Rudolfs Aufstieg und von seiner Beteiligung am Festartikel des »Arbeiterboten«!

Ja, die Telegrammverlesung war wirklich ein Höhepunkt. Mehrmals hielt Eugen inne, nahm den Zwicker ab und wischte sich den Schweiß. Bald las er nur noch die Unterschriften all der Parteisektionen, Gewerkschaftsverbände und Einzelpersonen, die des Tages gedacht hatten. Nur wenn es sich um prominentere Persönlichkeiten oder Körperschaften handelte, las er auch den Text. Es war ein gewaltiger Augenblick, als der Präsident des Reichstags mit einem Glückwunsch zum Wort kam. Das Organ des Vorlesers zitterte merklich, und ein paarmal hatte er vor Ergriffenheit Mühe, im Tempo zu bleiben. Zum Glück folgten zunächst lauter weniger bedeutungsvolle Depeschen, darunter aber auch manche mit schalkhaften Versen, und die Stimmbänder konnten sich wieder in die normale Lage finden.

Plötzlich ward Eugen Riemann flammend rot. Gleich darauf überzog eine käsige Blässe sein Gesicht. Mit ungeheurer Anstrengung riß er sich zusammen. Unter seinen rötlichen Plüschhaaren zog sich die Stirn in tiefen Falten nach oben. Er schnappte mehrere Mal mit dem Unterkiefer zu seinem Bärtchen hinauf. Die roten Ohren schienen sich seitwärts zu legen. Käte blickte mit angstvollen Augen zu ihrem Mann hin und machte eine Gebärde, als wollte sie ihm zu Hilfe eilen.

Endlich faßte er sich, preßte die Ellenbogen dicht an den Leib und las stockenden Atems: »Im Namen Seiner Königlichen Hoheit –«

Drei im Saal anwesende Unteroffiziere, ein Offiziersstellvertreter und zwei Beamtenstellvertreter sprangen auf, langsamer erhober sich dann auch die übrigen Uniformierten, während mehrere jüngere Parteigenossen in Zivil ebenfalls Anstalten dazu machten, dann aber nach einigen Blicken gegenseitiger Befragung unruhig sitzen blieben. »Im Namen seiner Königlichen Hoheit des Großherzogs übermittle ich Ihnen aufrichtige Segenswünsche zum sechzigsten Geburtstage. Ein Mann des Volkes im wahren Sinne des Wortes, haben Sie sich dem Vaterlande in schwerer Zeit treu erwiesen. Der Allmächtige möge Ihnen einen glücklichen Lebensabend gewähren, von Mürz, Oberhofzeremonienmeister.«

Man glaubte die Herzen der Anwesenden klopfen zu hören. Das Papier knisterte in Riemanns Händen; seine schmale Brust wogte. Die Militärpersonen nahmen allmählich wieder Platz. Da raffte sich der Obersekretär noch einmal zusammen: »Großherzog Ferdi — —« Schmirl, der glücklicherweise an seiner Seite saß, gab ihm einen Puff in den Oberschenkel. Ein wütender Blick traf ihn, aber das Hoch auf den Landesherrn war vermieden. In stillschweigendem Einverständnis aller wurde hier die Verlesung der Telegramme abgebrochen und, sehr zum Leidwesen des alten Tesenfitz, auch der Zeitungsartikel noch zurückgestellt.

Man wandte sich dem Festessen zu, das in Anbetracht der Umstände in bescheidenen Grenzen gehalten war: Suppe, Fisch und mehrere Sorten Gemüse, dazu Tiroler Spezial, aber alles reichlich und vortrefflich. Brot gab es selbstverständlich nur gegen Erlegung der Marken. Nach dem aufregenden Herrschertelegramm belebten sich die Gespräche nur langsam von dem ehrfürchtigen Flüsterton, mit dem sie einsetzten, wieder zu geselliger Munterkeit. Das Thema war durch den Zwischenfall ja von selbst gestellt: das Verhalten der doch eigentlich republikanischen Sozialdemokratie bei dynastischen Annäherungen. Die Gemüter der Politiker erhitzten sich ernsthaft, und Bröschkes monarchistischer Schwiegersohn, der den Standpunkt vertrat, daß die große Zeit, die Einmütigkeit der Begeisterung von neunzehnhundertvierzehn, die das ganze wehrhafte Volk unter die Fahnen das Kaiserreichs hatte zusammenströmen lassen, jeden Gedanken an Republik ein für allemal ad absurdum geführt habe, mußte sich kräftige Zurechtweisungen gefallen lassen.

Peter Schmirl schlug auf den Tisch und schrie: »Ich habe die Monarchie schon vor zwanzig Jahren bekämpft, ich werde sie auch später wieder bekämpfen – da verlassen Sie sich auf!«

Endlich entschied aber Genosse Dr. Valentin, das aus Sachsen stammende jüngste Mitglied der Landtagsfraktion, auf den allgemein große Hoffnungen gesetzt wurden, mit dem Ausspruch: »Man gann ein ausgezeichneter zielbewußter Sozialdemograt sein und braucht sich deshalb noch lange nich als daktloser Banause zu benähmen!«

»Bravo!« sagte das Geburtstagskind selbst, das sich bisher nicht an der Auseinandersetzung beteiligt hatte.

Adele steckte sich nun aber hinter den alten Tesenfitz, und auf dem Umweg über Suse Schmirl gelang es endlich, den offiziellen Teil mit der Verlesung des Artikels im »Arbeiterboten« wieder in Gang zu bringen. Obersekretär Riemann erhob sich, schob den Kneifer zurecht und las. Es war eine wirklich schöne, schwungvolle und ausführliche Würdigung der Verdienste Jakob Bröschkes, und Käte netzte wiederholt die Augen mit dem Taschentuch, während Adeles Rührung sich in häufigem vernehmlichem Schneuzen kundgab. Die andern Damen warfen ergriffen lächelnde Blicke zu Jakobs Platz hinüber. Zum Schluß wurden alle Ämter und Posten aufgeführt, die der verehrte Parteiführer nach und nach erklommen hatte, und dann hieß es:

»Jetzt aber geben wir dem Genossen Bröschke selbst das Wort. Seine Lebensgeschichte soll das Proletariat aus seinem eigenen Munde erfahren, wie er sie kurz und schlicht einem unserer Mitarbeiter erzählt hat.«

»Was?!« – Jakob Bröschke starrte erst zu seinem Schwiegersohn empor, wobei sich ein Zahn über der gesprungenen Unterlippe sehn ließ. Dann ließ er die Äugelchen hilflos die ganze hufeisenförmig gestellte Tafel entlang schwimmen, deren bekränzten Mittelplatz er einnahm. Da sah er den alten Tesenfitz, das Kinn beinah bis zur Tischplatte niedergebeugt, mit beiden Handflächen links und rechts vom Teller Klavier spielen, wobei das bartlose stopplige Gesicht von Lachfalten wie ein Fächer geteilt war und die eingekniffenen Augen wie die eines Versteck spielenden Kindes zu ihm hinüberzwinkerten. Jakob fiel ein, daß vor drei Wochen Rudolf Tesenfitz bei ihm Urlaubsvisite gemacht und ihn dabei ausgefragt und ins Erzählen gebracht hatte über alles Erdenkliche, von der Kindheit an bis zur Gegenwart. Sollte der Teufelsjunge — ? Bröschke winkte drohend mit dem Finger zu Tesenfitz hinüber und trank ihm zu. Der Alte aber nahm das Glas, und wie er es zum Munde führte, überkam ihn die Lustigkeit der Sache derart, daß er in den Rotwein hineinprustete und ihn in zwei Schwabbern aufs Tischtuch flecken ließ. Da stellte er sehr verlegen das Glas wieder hin. Eugen Riemann las: »Ich wurde am Jahrestage des Bastillesturms, dem 14.Juli 1858, als Sohn armer proletarischer Eltern in dem kleinen Städtchen Kersching an der Wähe geboren. Meinen ersten Unterricht empfing ich dort in der Gemeindeschule. Mit vierzehn Jahren trat ich in meiner Vaterstadt ins praktische Leben. Da es ihm nicht vergönnt war, meinen Herzenswunsch zu erfüllen und mich studieren zu lassen, gab mich mein Vater einem Tapezier und Dekorateur in die Lehre. Nach Ablegung meines Gesellenstückes lernte ich die Landstraße kennen, die ich in allen Teilen unsres lieben Heimatlandes durchstreifte.« Kate neigte sich zu ihrem Nachbarn, Dr. Valentin: »Schön gesagt«, flüsterte sie.

»Bald arbeitete ich hier, bald dort. Aber es hielt mich nirgends lange. Früh schon erkannte ich die Abhängigkeit des Arbeiters vom Kapitalismus, und mein Wissensdrang trieb mich, Aufklärung zu suchen, wo ich sie nur finden konnte. Ältere Arbeitskollegen verschafften mir Lesestoff, den ich verschlang, und allmählich gewann ich Einblick in die jung aufstrebende Arbeiterbewegung. Ich trat in die Gewerkschaft ein und bald auch in die Partei. Damals war das Sozialistengesetz auf der Höhe, und so mußte ich auch das Gefängnis kennenlernen, wie das wohl zum Werdegang jedes rechten alten Sozialdemokraten gehört.« Die älteren Parteigenossen nickten vor sich hin, die jüngeren lächelten huldigend. Frau Suse Schmirl aber sprach zu ihrem Gatten: »Du warst dreimal drin – nicht, Peter?« Eugen Riemann fuhr fort: »Da hieß es unterirdisch arbeiten, Blätter verteilen, für Partei und Gewerkschaft Stimmung machen und, wenn es Wahlen gab, für die Sache des Proletariats agitieren. Zugleich aber hieß es das eigene Wissen vervollkommnen. Wissen ist Macht! Das habe ich schon als junger Mensch eingesehn, und so drang ich in meinen Freistunden in die Lehren unserer unvergeßlichen Altmeister Marx und Engels ein und vervollständigte auch meine Bildung auf allen andern Gebieten, besonders auch in Kunst und Literatur.«

»Ganz wie mein Rudolf«, meckerte der alte Tesenfitz, der geneigt schien, den ganzen Lebenslauf Bröschkes als Verdienst seines Sohnes anzusehn, da ihn der dem Druck übergeben hatte.

»Zu jener Zeit hatte unser verstorbener Parteiführer Roderich Pörtels den Gedanken ins Leben gerufen, junge strebsame Genossen in eigenen Parteischulen zu kundigen Leitern des werktätigen Volkes heranzuziehen. Als ich davon hörte packte ich meinen Ranzen und begab mich wieder auf die Wanderschaft gradenwegs zu Pörtels selbst. Das war zu Anfang der achtziger Jahre.«

»Zweiundachtzig war's«, rief Peter Schmirl und warf den Nacken zurück.

»Roderich Pörtels unterzog mich einem kurzen Verhör, dann nahm er mich unter die Seinen auf, und ich schmeichle mir, einer seiner Lieblingsschüler gewesen zu sein. Das war eine bewegte und doch ach wie unvergeßliche Zeit unter unserm ›Alten‹, wie wir ihn scherzhaft unter uns nannten.«

»Wie reizend!« hörte man eine Genossin flöten. »Wir lernten die hehre Weisheit von Marx' Kapital und den Klassenkampf verstehn, wurden unterwiesen, wie sich die Parteien unterscheiden, und auch die Rede handhaben, um in Volksversammlungen sprechen und unsern Gegnern die Wahrheit des wissenschaftlichen Sozialismus entgegenschleudern zu können. Und dabei immer die Heimlichkeit, weil damals die Sozialistenverfolgungen an der Tagesordnung waren und Bismarck überall Geheimbünde witterte.« Anton Bröschke stieß seinen Schwager in die Kniekehle. »Lies doch nicht so dröhnig«, raunte er ihm zu, »dabei schläft man ja ein.«

Eugen setzte den Zwicker grade und erhob die Stimme. »Nach einem Jahr schon konnte ich meinen Tapezierberuf an den Nagel hängen. Genösse Pörtels wünschte, daß ich meine Kraft ganz der Bewegung widmen sollte.«

»Sehr richtig!« rief jemand am unteren Ende der Tafel. »So kam ich achtzehnhundertdreiundachtzig als junger Parteiredakteur nach Krunkenau. Hier widmete ich mich neben meinen laufenden Arbeiten hauptsächlich der Aufklärung der Arbeiterschaft über die Religionsfragen. Denn ich hatte schon lange Zweifel an der Richtigkeit des Kirchenglaubens und; kam dahinter, daß es damit keineswegs seine Richtigkeit hatte. Dadurch kam ich auch in die Freidenkerbewegung hinein, und Trennung von Staat und Kirche wurde seitdem meine vornehmste Losung.« Adele faßte unter dem Tischtuch nach Jakobs Hand, denn sie ahnte, was jetzt folgen würde.

»Der rührigste Vorkämpfer dieser Losung war zu jener Zeit der Freidenker August Wehmeyer, mit dem ich denn auch bald in das freundschaftlichste Verhältnis trat. Ja, am siebzehnten September achtzehnhundertfünfundachtzig reichte mir seine liebe Tochter Adele die Hand zum Lebensbunde.«

Viele Gläser wurden erhoben, und Adele Bröschke mußte nach allen Seiten nicken und oft den Rand ihres Weinglases an die Lippen führen.

»Sie ist mir eine treue Gefährtin geworden und hat mir im Laufe der Zeit vier Kinder geschenkt, von denen uns das letzte im zarten Alter von zwei Monaten wieder genommen wurde, während die drei andern prächtig gediehen.« Jetzt kam die Reihe des Zutrinkens an Anton und Käte. »In Krunkenau blieb ich bis zum Jahre achtzehnhunderteinundneunzig. Dann erhielt ich einen Ruf als Geschäftsführer des ›Arbeiterboten‹ in unsre Stadt, welche mir seitdem zur zweiten Heimat geworden ist.« Die Gesichter streckten sich dem Vorleser mit erhöhter Spannung entgegen.

»Hier gelang es mir, das Vertrauen der Parteigenossen bald in weitestem Maße zu erwerben. Mein Hauptaugenmerk richtete sich von Anfang an darauf, dem Blatt nicht bloß bei den Parteigenossen, sondern vor allem auch bei den Gewerkschaftern Freunde zu erwerben und die Redakteure desselben anzuhalten, besonders den lokalen Teil so auszugestalten, daß die sozialdemokratische Zeitung auch in jedem Bürgerheim Eingang finden und mit Vergnügen gelesen werden konnte. Achtzehnhundertvierundneunzig wurde ich mit noch zwei Genossen zum Stadtverordneten gewählt.«

»Einer davon war ich«, betonte Schmirl. »Es war das erste Mal, daß unsre Partei im Rathaus einzog. Nachdem ich bereits mehrfach unsern Wahlverein auf Parteitagen vertreten hatte und als alter Freidenker und auch als künstlerisch durch meinen früheren Beruf als Dekorateur ein wenig vorgebildet in den Ausschuß für Kultur und Kunst gewählt war, entsandte mich das Vertrauen der Arbeiterschaft bereits achtzehnhundertfünfundneunzig in den Landtag und neunzehnhundertdrei auch in den Reichstag, welch beiden Körperschaften ich seitdem ununterbrochen angehört habe.«

Ein lautes »Bravo!« von verschiedenen Seiten bekräftigte das Einverständnis der Festteilnehmer mit dieser Tatsache. »Seit neunzehnhundertacht, also nunmehr zehn Jahre, gehöre ich dem hiesigen Magistrat an, und neunzehnhundertelf berief mich das einstimmige Votum der Mitgliederversammlung zum ersten Vorsitzenden des sozialdemokratischen Wahlvereins.« Dieses Mal äußerte sich die Befriedigung durch lebhaftes Gemurmel.

»Das Höchstmaß seines Vertrauens erwies mir der Parteiausschuß noch voriges Jahr, indem mich derselbe anstelle eines unabhängig gewordenen Vorstandsmitglieds in den Parteivorstand berief. Ich habe als Funktionär der Partei und als Abgeordneter stets nach meinen bescheidenen Kräften mitgeholfen, das Gute zu schaffen, und habe mir insbesondere in meiner Eigenschaft als Referent für Kunst, Wissenschaft und Kultus in den verschiedenen Kommissionen und Körperschaften von jeher die Hebung der Kultur und der Bildung in unserm Volke als hehres Ziel vor Augen gehalten. Seit dem Ausbruch des großen Weltenbrandes habe ich es mir angelegen sein lassen, das Augenmerk der gesetzgebenden Faktoren auf die Verhütung sozialer Mißstände zu lenken und mit den wohlverstandenen Interessen des allen Deutschen gemeinsamen Vaterlands das der arbeitenden Klasse zu verbinden. Die Opfer, die die Arbeiterschaft in dieser schweren Zeit bringen muß, dahin werde ich mit allen meinen Kräften zu wirken suchen, werden derselben aufgewogen werden durch die Erringung freiheitlicher Verhältnisse im Reich und im Lande. Wir werden einen demokratischen Staat bekommen, in dem nichts geschehn darf, wozu nicht das Proletariat seine Zustimmung gegeben hat. Solange mir unsere Parteigenossen fernerhin ihr Vertrauen schenken sollten, wird dieses allezeit meine Richtschnur sein und bleiben.« Obersekretär Riemann legte das Zeitungsblatt auf den Tisch, als ob er ein As trumpfen wollte, zum Zeichen, daß die Vorlesung beendet sei. Daraufwischte er sich Stirn und Schnurrbart mit der Serviette ab und setzte sich. Dröhnend erscholl der Applaus durch den Saal. Der Gesangverein stimmte die Arbeiter-Marseillaise an und stehend sangen die begeisterten Parteigenossen: »Wohlan, wer Recht und Freiheit achtet —«

Die Tafel wurde aufgehoben. Es bildeten sich Gruppen. Der gemütliche Teil des Abends begann. Der Gefeierte konnte sich indessen nicht lange dem ruhigen Genuß seiner Beliebtheit hingeben. Genosse Schmirl klopfte ihm inmitten eins Rudels von Verehrern, die sich in entzückten Äußerungen über die Selbstbiographie ergingen, derb auf die Schulter und schrie: »Jakob! Das Geschäft ruft. Fraktionssitzung nebenan im kleinen Saal.« Die anwesenden Mitglieder des Landtags versammelten sich in einem Nebenraum und berieten bei der Zigarre über ihre Stellung bei der Interpellation Rupprecht, die sich besonders auf den Fall des Arbeiters Winckelmann bezog, jenes unabhängigen Hitzkopfs, den man seiner fanatischen Streikhetze wegen, nachdem man ihn schon infolge seiner schweren Verwundung nicht mehr ins Feld schicken konnte, einfach in Schutzhaft genommen hatte.

Das war eine fatale Geschichte, und nach langem Hin und Her und Kopfkratzen und vielen faulen Vorschlägen knuffte Peter Schmirl den alten Freund in die Seite, und Jakob Bröschke trug bedächtig vor, was Peter ihm am Vormittag beigebacht hatte. Er fand allgemeine Zustimmung. Da wurde Dr. Valentin ans Telephon gerufen, und die Parlamentarier begaben sich zur Gesellschaft zurück, wo zwischen Weindunst und Tabakqualm ein Tosen von Stimmen brandete wie auf dem Zwischendeck eines Auswandererschiffs vor der Landung. Ganz plötzlich ward es still.

Alles schaute auf. Doktor Valentin stand in der Tür. Sein Schauspielergesicht zuckte vor Erregung, und seine Hand gebot Ruhe.

»Barteigenossen!« Sein Idiom trompetete in den Saal. »Ich gann Innen eine eminent wichtige Mitdeilung machen.« Die letzten Flüsterlaute verstummten. »Ich habe soäben den morchigen Dagesbericht

delephonisch übermiddelt begommen. Unsre Druppen sind im
siechreichen Vordringen beiderseits von Reims, dessen Ostforts in
unsrer Hand sind. Die Wranzosen sind über die Marne dem Stoß
ausgewichen. Die Unsrichen folchen und haben den Fluß bereits
überschridden.« Einen Augenblick stockte allen der Atem. Dann aber
hielt es Eugen Riemann nicht. Den Arm senkrecht in die Luft gereckt,
schrie er mit überkippender Stimme: »Hurra!« Und dann noch einmal
und ein drittes Mal und jedesmal noch lauter und noch begeisterter:
»Hurra! Hurra!!« Da war nicht zu widerstehn. Die Militärpersonen,
zuerst die Chargen, die beiden Beamtenstellvertreter, der
Offiziersstellvertreter und die drei Unteroffiziere, dann auch alle
übrigen, selbst die ältesten Parteifunktionäre, stimmten mit ein, und
das Hurra! donnerte von den Saalwänden wie eine Lawine zwischen
Gletschern.

Und der Dirigent des Gesangvereins nahm den Taktstock und gab
ein Zeichen, und die Arbeitersänger standen auf und drehten die
Hälse aus dem Kragen, und die Festteilnehmer, Männer und Frauen,
Alte und Junge – alle, alle folgten dem Beispiel, und brausend wie
Orgelklang erscholl aus mehr als achtzig sozialdemokratischen
Kehlen der deutsche Sturmgesang: »Deutschland, Deutschland über
alles!« ...

Die Boheme

Boheme! — Was denkt sich der brave Mann am häuslichen Herd und seine noch bravere Gattin nicht alles bei diesem mystisch-abenteuerlichen Wort: Ein Maleratelier mit primitiven Holzmöbeln, ein halbes Dutzend Mal-Stellagen, an der Wand prickelnde Aktbilder, verschmierte Paletten, genialisch wüst gruppierte Gipsmasken. Der Inhaber sitzt, eine Fiedel in der Hand, auf der Ecke des Tisches, um ihn herum eine Anzahl dekolletierter Modelle, jedes ein Sektglas in der Hand, und eine Batterie »Henckell trocken« schußbereit auf dem Fußboden.

Nein, meine Herrschaften, so sieht Boheme nicht aus – aber anders. Überhaupt – suchen Sie sich mal erst in Berlin echte Bohemiens. Ach, du große Güte! Davon gibt's verdammt wenige.

Ja, in München! – Schöne, göttliche Münchener Tage, wann kehrt ihr zurück? – Da saßen sie dicht bei dicht gedrängt im Cafe Stefanie. Der wilde Ludwig Scharf und der wüste Leo Greiner, der freche Frank Wedekind und der tolle –- aber nein! wie darf ich den Namen nennen! – Na, die Münchner sind weit weg, die können mir nichts tun, und ich habe mich ja mit der Berliner Boheme zu befassen. Da werd' ich mich natürlich vorsehen. Was in München das Cafe Stefanie, das ist in Berlin das Cafe des Westens – aber in kleinerem Maßstab. Da sitzen sie – die Bohemiens, und die, die sich dafür halten. Was sie tun? Sie trinken schwarzen Kaffee, oder auch Absinth, rauchen Zigaretten, reden über Ästhetik und Weiber, stellen neue Lehren auf und paradoxe Behauptungen, schimpfen über den Staat und die Banausen, pumpen sich gegenseitig an und bleiben die Zeche schuldig. Aber das sind die Harmlosen. Sie rangieren gleich hinter den Lebemännern im Kaiserkaffee mit den Smokings und weißen Westen, die sich auch so gern Bohemiens nennen lassen. Die »echten« sitzen auch nachts im Cafe – lange, o sehr lange – aber das ist nicht das einzige Zeichen ihrer Zigeunerschaft. Das sind katilinarische Existenzen, Dichter, Maler, Bildhauer, Architekten oder was noch immer – man muß doch für sein Nichtstun einen Namen haben.

Da ist einer – er soll zuerst drankommen, denn er ist ein guter Freund von mir – ein Dichter. Die Hände in den Hosentaschen, streicht er des Tags durch die Straßen; sein Anzug ist schäbig, sein Hut noch schäbiger und am schäbigsten sein Stock. Ein Judaskopf mit Kneifer.

Der strohgelbe Vollbart ist ungepflegt und verdeckt fast das ganze tiefliegende Gesicht. Die dunklen Haare hängen in dicken borstigen Strähnen über die niedrige Stirn. Ein Hals ist fast gar nicht da, und die eingefallenen Schultern sind hochgezogen. Wer ihn nicht kennt, hält ihn für einen Bankkassierer, der eben wegen Mangel an Beweisen freigesprochen wurde. Wer ihn aber kennt, der geht ihm aus dem Wege, sonst wird er gestellt: »Sagen Sie mal«, sagt der Dichter dann nebenbei so leichthin, »lieber Freund, können Sie mir nicht einen Taler pumpen?« Gelingt der Pump, dann muß das Opfer unweigerlich mit in ein Lokal, den Taler kleinmachen. Aber damit nicht genug! Der unglückliche Dichtermensch, der sich für ein verkanntes Genie hält und entsetzliche Kalauer macht, liest dem armen Gegenüber seine neusten Schüttelreime vor. Dann läßt er den anderen trotz des Talers das Genossene zahlen und geht weiter auf Fang aus. Gehn wir mal mit! Er schiebt – immer dicht an den Häusern entlang – die Friedrichstraße herauf, unbekümmert um den Zuruf eines Arbeiters: »Du, laß dir mal die Haare schneiden!« Plötzlich aber wird er angesprochen: Er blickt auf. Vor ihm steht ein Mann mit mächtig wallendem Vollbart, in engem kurzen unten ausgefransten Paletot. Darf ich seinen Namen nennen? Ja, ich darf. Es ist Peter Hille. Eben schreibt er sich einen neuen Aphorismus in sein Notizbuch. »Du«, sagt er, »geht das: Die Lüge ist das einzige, was den Menschen vom Tier unterscheidet!?« – »Ja, Peter Hille«, erwidert der Dichter. »Du hast recht. Die Lüge ist das einzig Wahre! – Wo willst du denn hin?« – »Nach Hause!« – »Ja, aber dann mußt du doch anders gehn. Hier kommst du ja in die Chausseestraße. Du wohnst doch jetzt in Schlachtensee.« — »Herrgott, ist ja wahr. Ich meinte, ich wohne noch in der Kesselstraße.« – Die beiden deutschen Dichter gehn also selbander zum Potsdamer Bahnhof und entwickeln sich unterwegs gegenseitig ihre neuesten literarischen Pläne. »Ja, ja«, meint Peter Hille. »Nun werd' ich aber doch bald berühmt.« Dann verabschieden sie sich. Aus dem Cafe Austra tritt eine merkwürdige Gestalt heraus. Das Gesicht ist von einem mächtigen schwarzen Schlapphut beschattet. Man sieht nur einen blonden Spitzbart darunter hervorragen. Die ganze Figur ist von einem Mephistomantel umhüllt, dessen unteres Ende genial über die Schulter geworfen ist. »Mensch«, ruft er aus, als er den Dichter kommen sieht. »Was machen Sie denn?« –»Schlechten Eindruck — und Sie?« – »Ich arbeite!« – »Na, nu hören Sie auf! Was denn?« – »Oh, viel. In Potsdam soll ich 'ne neue Kirche bauen, in Berlin ein neues Theater, in Rixdorf 'ne Schule und für Grabow einen neuen Straßenentwurf ausarbeiten. Außerdem soll meine Vaterstadt in Pommern abgerissen werden, und ich soll sie neu aufbauen. Hier sind die Pläne!« Damit zieht der beschäftigte Architekt eine Aktenmappe aus den abgründigen Tiefen seines Mantels und zeigt den Entwurf für das Berliner Theater. »Sehn Sie«, sagte er treuherzig, »damit mache ich mich kreditfähig. Sie können ja schweigen. Höchstens Zeitungsonkels dürfen Sie es sagen, die es in ihr Blatt bringen. Sonst darf es keiner wissen. Übrigens wissen Sie nicht jemand, der mir 20 000 Mark pumpt, daß ich anfangen kann? Ich muß zum Winter unbedingt Geld haben zum Heizen. Vorigen Winter hab' ich sämtliche Warnungstafeln vom Tempelhofer Feld in meinen Ofen gesteckt. Aber erstens die Schlepperei, zweitens der Gestank und drittens sind keine mehr da.« Der Dichter geht sorgenvoll weiter – nach Hause. Er steigt die vier Treppen des Hinterhauses hinauf und schließt auf. Die Wirtin kommt ihm geheimnisvoll entgegen: »Seien Sie hübsch leise. Ein Herr ist da, der nicht gestört sein will.« Der Mieter betritt seine Bude. Er geht zunächst an den Schreibtisch, findet, daß seine sämtlichen Briefschaften durchwühlt sind, an der Erde liegen Manuskripte, Bücher, Löschblätter, darunter eins, das nicht dahingehört. Vom Bett aus ertönt ein gedehntes Gähnen. »Mahlzeit, du! –Du nimmst es wohl nicht übel. Ich bin nämlich exmittiert, und möcht' inzwischen bei dir kampieren.« Ein Maler ist es, der den Freund solcherweise begrüßt. Er hat seine Kleider auf den Boden geworfen und sich im Bett des andern gemütlich eingerichtet. »Na ja«, sagt der, »wenn du dich benimmst. Hör' mal, meine neuesten Schüttelreime!« –»Um Gottes willen! Kerl! Ich hab' die Nacht von Montag auf Mittwoch durchgebummelt. Laß mich doch bloß schlafen.« – »Na ja, wirst schon dabei einschlafen.« Und nun ergießt sich eine Lawine scheußlicher Dichtkunst über den armen Obdachlosen. Dann überläßt er dem Freund die Bude und geht zu einer Tante Abendbrot schinden. Von da. aus steigt er ins Cafe des Westens. Gleich links ist der Stammtisch mit den Berühmtheiten, die sich grade den Hamlet gegenseitig auslegen. Ein bartloser Herr mit der Beredsamkeit eines Oberlehrers doziert am sichersten. Eigentlich Bohemiens sind das hier nicht. Nur einer ist dabei, ein nervöser Herr in den Fünfzigern, ein bekannter Landschaftsmaler. Er hat einen feinen durchgeistigten Kopf und wunderbar schöne Hände, die unausgesetzt in der Luft herumtanzen. Vor ihm steht ein Flacon Chartreuse. Jede Bemerkung der andern begleitet er mit einem Bonmot. Für jeden prägt er in zwei Worten ein

Etikett. Die andern reden, aber seine Persönlichkeit beherrscht die Stimmung.

Der Dichter geht grüßend am Stammtisch vorbei — zu seinen Freunden. Diese, fünf an der Zahl, haben eben ihre Portemonnaies auf die Tischplatte entleert, um zu konstatieren, was noch verzehrt werden kann, denn seit einigen Tagen hat der Ober den Kredit gesperrt. Der Dichter wirft seine Kröten dazu.

Dann wendet er sich an einen elegischen Jüngling, einen Ästheten mit schwarzen Haaren, von denen ein breiter Büschel genial über die Stirn frisiert ist. Seine Sprache ist wohlgesetzt und ganz leise. Er rühmt Oscar Wilde und Stefan George und blickt dabei schwärmerisch auf die Schokoladenkekse vor ihm. Neben ihm sitzt ein junges Mädchen im Reformkleid, das sich sehr niedlich findet. Die Herren pflichten ihr voll Überzeugung bei. Ein Techniker sitzt dabei, der auch Gedichte macht. Er hat einen Band Lyrik veröffentlicht, »Tränen der Seele« heißt er. Darin reimt sich Kirchenglockenklang und wilder Liebesdrang. Er möchte gern mitreden, findet aber für das, was er sagen will, nie den rechten Ausdruck, und schließt jeden Satz mit »ich meine« – und einem unartikulierten Glucksen. Nachdem die Gesellschaft die Welträtsel gelöst hat, ergreift der Dichter das Wort. »Kinder«, sagt er, »aus all dem ergibt sich, daß wir endlich berühmt werden müssen. Die Franzosen haben ihren Murger[Henri Murger (1822-61), frz. Schriftsteller, schrieb über die Pariser Boheme] gefunden, die Bagdader ihren Scheerbart — ihr kennt doch: ›Tarub, die berühmte Köchin von Bagdad?‹ – Was die Künstler in Murgers ›Zigeunerleben‹ sind, und was bei Scheerbart der ›Bund der lauteren Brüder‹ ist, das sind wir auch. Ich werde über die Berliner Boheme schreiben.« —

»Um Gottes willen«, schreien da alle. »Du wirst doch nicht! Du wirst uns noch alle kompromittieren.« »Das werde ich!« erwidert der Dichter pathetisch. Und er ging hin und tat es.

Aus: Berliner Illustrierte Zeitung, 1903

Der Kaiser

Aus: Kain, 1913

Wie doch die Welt so herrlich ist! Wie köstlich sich von Tag zu Tag die Saat der Freiheit entfaltet! Wie glücklich dürfen wir uns preisen, unsere Zeitgenossen zu sein! Wenn wir den Festschmöcker und Jubiläumsschwaflern glauben können, dann hat Drang und Qual aller Jahrtausende nur den einen Sinn gehabt, uns diesen Tag erleben zu lassen, an dem der Erdball von fünfundzwanzigjährigem Ruhm wilhelminischer Regierungsweisheit und Herrschergröße widerhallt. Der deutsche Oberlehrer tropft von Begeisterung. Die patriotische Köchin schwitzt von Hochgefühlen. Der Plauderkuli des hinterposnerischen Generalanzeigers impft Kinderbewahranstalt und Synagogengemeinde mit teutonischen Lyrismen. Heil Kaiser dir! Die Liebe des freien Mannes macht es skeptischer veranlagten Naturen einigermaßen schwer, das Bild des Gefeierten frei von karikierenden Verzerrungen aufzunehmen und alle Ironie gerechterweise auf die Feiernden zu häufen. Es soll hier versucht werden, ein Porträt des Kaisers zu entwerfen, wie es sich, herausgehoben aus dem Hurraspalier der vaterländischen Sykophanten[Schmeichler], dem Auge eines überzeugten Antimonarchisten darstellt. Es soll sine ira et studio[ohne Zorn und Eifer] versucht werden, den Charakter Wilhelms II. gegen seine Zeit abzugrenzen. Dabei werde ich den Freunden, die in den Betrachtungen eines Anarchisten über einen Monarchen auf kecke Kunststückchen hoffen mögen, um den Majestätsbeleidigungsparagraphen des Strafgesetzbuches zu umgehen, eine gelinde Enttäuschung bereiten müssen. Die Angriffsflächen, die der deutsche Kaiser nach dieser Seite hin bietet, sind so rein persönlicher Natur, daß ich ihre Beschießung gerne denen überlassen will, die es nötig haben, ihre Unfreiheit vor dynastischen Überkommenheiten hinter verstohlenem Schimpfen zu verstecken. Wer hinter dem Katheder eines Schulmeisters die Zunge herausstreckt, dokumentiert damit, daß er dem Zuchtbakel des Lehrers noch nicht entwachsen ist. Wer sich von der Autorität monarchischer Institutionen im Innersten frei weiß, der begeht keine Majestätsbeleidigung. Die Privatperson eines Kaisers geht den Feind der Krone nicht das mindeste an, und es sei denen unter meinen anarchistischen Kameraden, die mit Revolver und Dynamit die

Spaziergänge der Fürsten gefährden möchten, nachdrücklich gesagt, daß darin eine verhängnisvolle Anerkennung des dynastischen Übermenschentums zum Ausdruck kommt. Zur Beurteilung Wilhelms II. ist weder sein hochgedrehter Schnurrbart noch seine Freude am Reisen und am Reden wichtig, sondern die Rolle, die er in der Geschichte dieser Tage spielt, und die Stellung, die er vor der Nachwelt im Bilde unserer Zeit einnehmen wird. Seine Charakteristik ergibt sich aus dem zeitgeschichtlich sehr interessanten Gegensatz zwischen seiner eigenen Auffassung von seinem Beruf und der Einschätzung, die das Herrscheramt in der Philosophie und Ethik des modernen Empfindens erfährt.

Wilhelm war zwölf Jahre alt, als sein Großvater in Versailles die Salbung zum deutschen Kaiser entgegennahm. Zwölf Jahre: das ist das empfänglichste Knabenalter, die empfindlichste Pubertätszeit, wo das Gefühl für die Mysterien des Lebens ahnungsvoll erwacht, wo das junge Gemüt jeden Eindruck gierig in sich aufnimmt und in der Phantasie romantisch ausbaut. Das ist die Zeit, wo andere Jungen, denen das eigene äußere Erleben nicht genug tut an Abenteuern, nach Indianergeschichten langen, um im Geiste Heldentaten zu verrichten, um mitzukämpfen und mitzuleiden mit Karl Mays Räubern und Häuptlingen und sich selbst in heldische Posen und Erlebnisse hineinträumen. In dieser Zeit bestimmt sich zum guten Teile ein Charakter nach dem Grade, in dem der Geist des Knaben von Eindrücken und Traumbildern befruchtet wird. Wilhelms, des Erstgeborenen eines preußischen Thronfolgers, Erziehung war naturgemäß von Anbeginn der Einwurzelung des Bewußtseins seiner zukünftigen Herrscherwürde gewidmet. Gouvernanten und Hofmeister mußten ihm die Taten seiner Vorfahren in einer Beleuchtung servieren, von der die byzantinische Geschichtslehre, mit der man andere Sterbliche in deutschen Schulen beglückt, vermutlich nur einen schwachen Abglanz gibt. Die Verehrung mannhafter Größe, die seine Altersgenossen auf die Produkte dichterischer Erfindung projizieren mußten, durfte der junge Prinz in der eigenen Familie ausleben. Seine kindlichen Spiele verrichtete er unter den Bildern der bewunderten Ahnen. Dazu kam die kriegerisch bewegte Zeit, in die die frühen Kinderjahre des Knaben fielen und die ihm den Großvater, den er leibhaft vor sich sah, zum Inbegriff alles Heldentums werden ließ. Mit fünf Jahren prägte sich ihm das Wort Düppeler Schanzen, mit sieben Jahren der Name Königgrätz ein. Und dann erlebten die frischen Sinne des wachen Knaben den französischen Krieg mit Gravelotte und Sedan, mit der Reichsgründung und dem pomphaften Einzug der Sieger durchs Brandenburger Tor. Der erwachsene junge Mann sah den ersten Kaiser das lange Greisenalter hindurch als Gegenstand jener »Liebe des Volkes«, die die ehrlichen Empfindungen der Massen niemals zu den Stufen des Thrones dringen läßt, sah ihn als friedlichen Herrscher, umringt von weisen Beratern (die ihn die »Handlanger seines erhabenen Willens« dünkten), sah den als milden, weisen und gerechten Herrn, den reife Männer jener Zeit noch als Prinzen von Preußen, den Kartätschenprinzen und verhaßtesten Mann des Landes gekannt hatten.

Also vorbereitet auf seinen Beruf und völlig im Banne der mächtigen Jugendeindrücke, nahm Wilhelm, erst neunundzwanzigjährig, als fast unmittelbarer Nachfolger den Platz des Großvaters ein. Die Krankheit und der rasche Tod Friedrichs III. realisierten ohne Übergang die Träume des Jünglings, der, erfüllt von romantischem Überschwang und im festen Glauben, jetzt sei sein Wille oberstes Gesetz, die Zügel in die Hand nahm.

Nichts ist menschlich so verständlich wie Wilhelms eiserne Überzeugung von seiner göttlichen Sendung, und der Kontrast zwischen seinem starren Königsbewußtsein und der Realität der Dinge wird späteren Dramatikern als dankbarer Vorwurf für psychologische Zerlegungen dieses unzeitgemäßen Fürstencharakters dienen können. In unzähligen Reden und Manifestationen des Kaisers ist seine Auffassung von Pflicht und Recht des Monarchen niedergelegt. Ich kann nicht umhin, meine Leser mit dem Bekenntnis zu erschrecken, daß ich die Meinung Wilhelms II. von seinem Beruf für die einzig mögliche halte, mit der das Prinzip des Monarchismus überhaupt innerlich zu rechtfertigen ist. Wilhelms Ansicht über sein Herrscheramt ist tief religiös fundiert. Ihre Voraussetzung ist Gott, ihr Beweis die Unfehlbarkeit der göttlichen Gnade. Wilhelm nennt sich »von Gottes Gnaden deutscher Kaiser und König von Preußen«. In vollkommener Übereinstimmung mit diesem Titel beruft er sich auf die Gottesgnade als einzige Grundlage seines fürstlichen Wandels. Im August 1910 noch erklärte er in Königsberg ausdrücklich, er sei das Instrument des Herrn und weder Parlamenten noch Volksbeschlüssen, sondern nur dem lieben Gott verantwortlich. So weit ich davon entfernt bin, die Prämissen des Kaisers zu den meinigen zu machen, so rückhaltlos muß ich doch zugeben, daß nur diese Prämissen das monarchische System stützen können. Damals jammerten die liberalen (und natürlich auch die republikanischen, sozialdemokratischen) Zeitungen bitterlich, der Standpunkt des Kaisers sei unhistorisch, anachronistisch, er sei ein konstitutioneller Fürst, also nicht Gott, sondern dem in den Parlamenten repräsentierten Volkswillen verantwortlich. Ich finde aber mit dem Kaiser, daß jeder andere Standpunkt, von dem aus die Institution der Monarchie verteidigt wird, unhistorisch, unlogisch und unhaltbar ist. Eine konstitutionelle Monarchie ist – schon sprachkritisch betrachtet – eine contradictio in adjecto. Wie soll man den Begriff Alleinherrschaft verstehen, wenn sie von verfassungsmäßigen Instanzen mit gesetzgeberischen Befugnissen abhängig ist? Die Monarchien unserer Tage haben bei nüchternem Zusehen auf ihre Bezeichnung nur noch sehr wenig Anspruch. Die deutsche Kaiserwürde zumal – und hier liegt ein Irrtum des Kaisers in der Sache vor, nicht in der Idee – ist fast eine reine Titular-Einrichtung. Denn das deutsche Reich ist eine durchaus republikanisch organisierte Staatenföderation, nur ist die Präsidialwürde erblich, und ihr Inhaber trägt die Insignien eines Kaisers. Daß die Nationen, als sich die Despotien überall als überlebt erwiesen, die Ausflucht der konstitutionellen Monarchien fanden, ist nur ein Beispiel für die Halbheit aller ihrer Entschlüsse. Sie wollten einfach nicht auf die Gelegenheit verzichten, ihre Untertaneninstinkte zu betätigen, und blieben mitten auf dem Wege zur Republik stehen. Dem Fürsten aber, der sich gegen die Regierungskameradschaft seiner katzbuckelnden Untertanen wehrt, die seinem umschauenden Auge stets nur den Ausblick auf ein Feld von krummen Rücken darbieten, ist gewiß kein Vorwurf zu machen. Es ist mehr als natürlich, daß er sein Werk, das ihm heilig gilt, lieber auf Gottes Hilfe baut als auf die Federfuchserei devoter Gernegröße und daß er diese Herrschaften in bewährter Erfahrung mit einem unzweideutigen »Sic volo, sic jubeo!«[So will ich, so befehle ich!] ins Mauseloch jagt. Daß die Auffassung des Kaisers unhistorisch sei, ist blanker Unsinn. Solange der Begriff des Herrschertums irgendwo in der Welt Geltung hatte, stand die Autorität des selbstmögenden Herrscherwillens von selbst fest. Anachronistisch ist seine Meinung allerdings. Denn die Begriffe haben sich gewandelt. Die Völker sind – seit der französischen Revolution – selbständiger geworden, und der Glaube an die Gottesgnade, die den Königen die Majestät verleihe, ist erschüttert. Die Konsequenz dieser Erkenntnis aber ist die Ablehnung des monarchischen Prinzips insgesamt und darüber hinaus die Anstrebung der unstaatlichen, anarchischen Autonomie der einzelnen. Es ist gezeigt worden, wie Wilhelm II. durch Erziehung und Kindheitseinflüsse zu der merkwürdigen Stellung gekommen ist, die er in der Geschichte unserer Tage einnimmt: der letzte Romantiker auf einem europäischen Thron. Sehr bezeichnend aber ist, wie sich gerade an seiner Person zum ersten Male der Einfluß der wirtschaftlichen Entwicklung als nivellierender Faktor geltend macht. Als Besitzer des Gutes Cadinen ist derselbe Mann, den das Zepter das Symbol seiner Ausnahmestellung unter den Menschen dünkt, als konkurrierender Kaufmann und Fabrikant ins Geschäftsleben seines Landes mitten hineingegangen. Sein kommerzieller Eifer in der Bewirtschaftung seines Gutes und in der Fruktifizierung[Ausnutzung] seiner Kachelindustrie hat nichts mit der viel kritisierten Ubiquität[Ungebundenheit] des in allen Künsten dilettierenden Amateurs zu tun. Dieser Zug im Charakterbild des Kaisers weist vielmehr auf den großen Fortschritt der Dekadenz hin, der der dynastische Romantizismus heute schon verfallen ist. Der engagierteste Verfechter der Adelsidee, der immer noch über ein so großes Maß tatsächlicher Macht verfügt, daß zum Beispiel sein antiquierter Kunstgeschmack ganze Stadtbilder beherrschen kann, kommt an der höheren Macht des Kapitalismus nicht mehr vorbei und muß sich, will anders er die materielle Basis für sein ideelles Amt nicht verlieren, mit beiden Füßen als einer unter vielen in aktiver Betätigung in den wirtschaftlichen Konkurrenzkampf stellen.

Und noch eins: Derselbe Mann, der, erzogen in kriegerischen Erinnerungen, aufgewachsen in kriegerischen Eindrücken, immer und immer wieder den Beruf der Deutschen als kriegerische Nation gepredigt hat, der mit der Devise: »Das Pulver trocken, das Schwert geschliffen!« durch seine Initiative unendlich viel an den ungeheuren Kriegsrüstungen des Landes mitgewirkt und Flotte und Kolonialbesitz des Reiches erst geschaffen hat – dieser selbe Mann war trotz seiner Gewalt über Krieg und Frieden gezwungen, sich die ganzen fünfundzwanzig Jahre seiner Regierung für den Frieden zu entscheiden. Darin liegt eine gewisse Tragik, daß die Fittiche seiner Phantasie, mit der uns Wilhelm herrlichen Tagen entgegenführen wollte, immer wieder umknicken an den harten Wänden der realen Verhältnisse. Diese Verhältnisse haben es mit sich gebracht, daß die

Entscheidung über Krieg und Frieden tatsächlich nicht mehr bei dem steht, der das formelle Recht hat, darüber zu bestimmen, sondern bei denen, die an der Börse die Kurszettel machen. Daher braucht man auch die Kriegsbegeisterung des Kronprinzen nicht allzu feierlich zu nehmen, der angesichts einer Kavallerieattacke im Manöver sehnsüchtig ausruft: »Wenn das doch Ernst wäre!« Der junge Herr (der freilich heute schon ein paar Jahre älter ist als sein Vater im Jahre 1888) ahnt noch nicht, daß auch der selbständige Beherrscher eines kapitalistischen Staates längst ein Geschobener ist und daß die Schieber unter denen sind, die bei patriotischen Gelegenheiten am demütigsten auf dem Bauche rutschen.